ザ・シークレット
人生を変えた人たち

The Secret®

ザ・シークレット

人生を変えた人たち

Rhonda Byrne

ロンダ・バーン

角川書店

HOW THE SECRET CHANGED MY LIFE

Jacket design by Nic George for Making Good LLC and Albert Tang, art director for Atria Books
Book design concept by Nic George for Making Good LLC
Interior design by Suet Y. Chong

Published by arrangement with Atria Books, a Division of Simon & Schuster, Inc. through Tuttle-Mori Agency, Inc., Tokyo

かけがえのないあなたに捧げます

目次

· AS ABOVE SO BELOW AS WITHIN SO WITHOUT
· AS ABOVE SO BELOW AS WITHIN SO WITHOUT

はじめに

「**ザ・シークレット**」が世界に公開されて以来、何万もの人たちが、欲しいものを引き寄せるためどのように「**ザ・シークレット**」を使ったかという体験談を、私たちのもとに送ってきてくれました。健康、富、理想のパートナー、理想の仕事、元に戻った結婚生活や人間関係、失った何かを取り戻すため、さらには絶望を幸福に変えるために使ったのです。「**ザ・シークレット**」の方法に従うことによって、これらの人々は苦難の人生をとびきりの人生へと一変させました。それも世界中のあらゆる文化と国の人々からでした。彼らは普通の人たちが不可能だと言うようなことを行ないました。しかし、この人たちは不可能なことは何一つないことを、知っていたのです。

この本に収録されているのは、過去数年にわたって私たちのもとに寄せられた実際のシークレット・ストーリーの中から選ばれた、最も奇跡的で、心を高揚させ、元気を与えてくれる体験談です。それらはあなたを、心の制限を外す忘れることのできない旅へと連れていってくれることでしょう。これらの体験談は、あなたが誰であっても、どこにいようとも、「**ザ・シークレット**」を使えば欲しいものは何でも創造することができることを示しています。

これらのシークレット・ストーリーの合間に、私が自分の言葉であなたを「**ザ・シークレット**」の知恵へとご案内します。「**ザ・シークレット**」に初めて触れる人たちも、私の言葉によって「**ザ・シークレット**」の原理の使い方を容易に理解できるでしょう。すでに「**ザ・シークレット**」に慣れ親しんでいる方にとっては、欲しいものすべてに囲まれた良い人生を手に入れるためにできる簡単な事柄を、思い出させてくれるものとなるはずです。

何年もの間、私は、切りがないほど長いリストに書かれた、あらゆる望みを叶《かな》えることができています。しかし、彼らの人生を変えた奇跡的な方法について話を聞くことは、「**ザ・シークレット**」が私個人に与えてくれた最も素晴らしい贈り物であることに、疑いの余地がありません。形のあるものや物質的なものは大きな楽しみであり、誰もが、欲しいものが何であれ、手に入れるべきです。しかし、他の人がより良い生活を手にすることを助けるために何かができるとき、それは消し去ることができない幸福感をもたらしてくれるでしょう。究極的には、幸せこそが私たち全員が望んでいるものなのです。

あなたの人生を変えることがどれほど簡単なのか、私は知ってほしいのです。そして、無理にそれを手に入れるために、忙しく走り回る必要はないということもです。それを変えることのできる唯一の方法が、あなたの人生を変えるのです。それは心を変えること。そうすればあなたの人生は変わるのです。

Rhonda Byrne
ロンダ・バーン

人には二種類の人がいる。

「見たらそれを信じよう」と言う人。

そして「それを見るためには、
信じなければならない
と知っている」と言う人である。

ザ・シークレット 日々の教え

第1章　私はどのようにお願いし、信じ、そして受け取ったのか：創造のプロセス

人生の偉大な秘密とは、類は友を呼ぶという、引き寄せの法則です。それはあなたが心の中に抱く思考やイメージに「類似した」経験や環境を人生に引き寄せている、ということを意味します。あなたは絶えず考えることを何であれ、あなたの人生に引き寄せることとなります。

もしあなたが欲しいものについて考え、そしてそれを考えつづければ、それを人生に持ち込むことになります。この最も強力な法則を通して、あなたの思考は人生における出来事となるのです。あなたの現在の思考が未来の人生を創造します。今、思考を変えることで、人生を変えることができるのです。

ひとたび「**ザ・シークレット**」を理解すれば、どんなものであれ欲しいものを引き寄せ、理想の人生を生きるために創造のプロセスを使うことができます。創造のプロセスは三つの簡単なステップからなります。お願いし、信じ、受け取る、というステップです。

まずお願いしましょう

引き寄せの法則は、心に抱いた一貫した思考にはどんなものであれ応《こた》えてくれます。たとえあなたの願いが極めて特別なものであったとしても、願った通りのものを受け取ることに疑いを持つ必要はありません。

スティービー・ワンダーと歌う

みなさんこんにちは、僕の名前はジョン・ペレイラといいます。今から**「ザ・シークレット」**が僕にもたらしたものをお話ししたいと思います。まず、僕の人生がうまく行っていなかったとき、僕はとても落ち込んでいて、そして怒っていました。主に僕と妹のビジネスパートナーに対しての怒りです。妹はずっと、僕にしつこく**「ザ・シークレット」**を観るようにと勧めてきました。そしてある時妹は、映画を観なさいと言って、僕たちがしていたことをすべて中断させました。その日以来、僕は**「ザ・シークレット」**を試してみようと決心し、実践するようになったのです。

二日後、ジムで新聞を読んでいると、僕の誕生日でもある一〇月二二日に、スティービー・ワンダーのコンサートがあるということを知りました。僕は妹に言いました。「きたぞ。スティービーに会うだけじゃなくて、一緒に歌って見せるから！」

僕はみんなに、ジョージ・ベンソンに会ったことがあるし、ジャミロクワイとパーティーをしたこともある、そしてついに今度は大御所スティービーと一緒に歌うのだと言いました。みんなは僕が正気ではないと思いました。次の日に兄のもとを訪ねたときのことです。コーヒーを入れるために立ち上がった僕は、一緒に観ていたテレビ番組を一時停止しておくようにと彼に頼みました。部屋に戻ったとき、一時停止された画面に映し出されていたのは「ステージでスティービー・ワンダーと歌うチャンスを手に入れよう」というものでした。信じられませんでした！

僕は応募するために、真っすぐ家へ帰りました。なぜスティービーと歌いたいのか、二〇語で書かなくてはなりませんでしたが、その言葉が僕の脳から飛び出してきました。応募したあと、僕はガールフレンドに、もう一度応募し直すべきだろうかと相談しました。ちょうどその時、コンピュータがクラッシュして、動かなくなってしまいました。僕は彼女に言いました。「これは僕のものだ。もう一回申し込む必要はないよ！」「大丈夫」

一週間くらい経って、友だちと飲みに出かけました。僕は友だちの一人に向かって言いました。「オレが今度スティービー・ワンダーと歌うって話、知ってる？」。またしても、頭がおかしくなったのかという目で見られました。

その次の日、仕事が終わって家に帰ると、妹に聞きました。「彼と歌うとき、どうすりゃいいかな？」

「焦らないように心がけて。気付いたときには終わっちゃうから、その瞬間を味わうのよ」と妹は言いました。

昼寝をしようとしていたとき、電話が鳴りました。出ると、電話の相手は「ジョン・ペレイラさんですか？　コンペティションに応募されましたよね？」と尋ね、僕ははいと答えました。「おめでとうございます、あなたがオーストラリアの当選者です！」

僕は叫んでガールフレンドを空中に放り上げました。両親にも電話し叫びました。妹にも電話をかけて絶叫し、兄にも電話して絶叫しました。前日の夜、話をした友だちはただ「はいはい」と言いました。彼は信じてくれませんでした。

そんなわけで、信じていない人がいたら、信じてください！　僕が証拠です。

そして、もし見てみたいなら、これがYouTubeに投稿したその時の動画です。

https://www.youtube.com/watch?v=lMftLNs_G6M

オーストラリア　シドニー　**ジョン P.**

もう一つ、「**ザ・シークレット**」を使って非常に特別な願いを叶《かな》えた驚くべき事例をご紹介しましょう。

それは奇跡です

私は「オプラ・ウィンフリー・ショー」がきっかけで、「**ザ・シークレット**」の存在を知りました。そして、本に書かれている言葉、映画の中で語られている言葉の一言一句を心から信じました。その頃、「**ザ・シークレット**」から「宇宙銀行の小切手」のダウンロードリンクが記されたメールを受け取りました。そこで、私は小切手をダウンロードし、面白半分に一〇万リンギット（マレーシアの通貨で、約二万五〇〇〇ドルに相当する）と書き入れ、化粧台近くの小さなビジョンボードにピンで留めました。

そして、一リンギット紙幣を取り出し、マーカーでゼロを付け足しました。本当は、「一〇〇〇〇〇・〇〇」となるようにしたかったのですが、余白が少なくゼロは五つしか書けませんでした。結局、「一〇〇〇・〇〇」のように見えるものになってしまったのですが、捨てる気にはなれなかったので、ビジョンボードに小切手と併せて貼っておくことにしました。

私は毎晩それを眺め、きっと実現するはずと独りごとを言いました。私のビジュアライゼーションのやり方は正しいのか確信は持てませんでしたが、折を見て実践していました。そして、実を言うと、時間が経つにつれてそのことは忘れてしまったのでした。

そして一〇月の初め、サービスカウンターでクレジットカードの支払いをしているとき、クレジットカード会社が主催する「一〇万リンギット・ドリームキャッチャーSMSコンテスト」というコンテストのパンフレットが私の目にとまりました。コンテストは七月五日に始まり、一〇月一五日が締め切りでしたが、そんな話を聞いたのはこの時が初めてでした。

私は、まあ応募期間はあと二週間あるし、とりあえずエントリーしてみようと思い、応募したのです。するとその月の終わりに、クレジットカード会社から、一〇月分の二等に当選したことを知らせる電話がかかってきました。そしてその賞金として私がもらえるのは、現金一〇〇〇リンギットだったのです。私は興奮しました。これまで大きなコンテストで当選したことはありませんでした。私は夫にこの話をして、二人で手を取り合って喜びました。

それから二カ月後、再びクレジットカード会社から電話がかかってきました。グランプリを決めるための最終候補一一名の中の一人に選ばれたというのです。グランプリの賞金は一〇万リンギットで、次の週に発表されるとのことでした。

その夜、化粧台の前に座った私は、ビジョンボードに気付きました。そこには三カ月前、私が一〇万リンギットと書き込んだ小切手がありました。心臓の鼓動が速くなりました。一〇万ではなく一〇〇〇リンギットに見える一リンギット紙幣に気が付いたからです。

「ねえあなた、私の当選金がどうして二等の一〇〇〇リンギットだったのかわかったわ」私は、紙幣と小切手を持ってリビングルームにいた夫のところへ行き、それを見せながら言いました。「この一リンギット札のせいだわ！　たまたまオーダーしたものでも、神様はちゃんと届けてくださったのよ！　『**ザ・シークレット**』の働きだわ！」

そして私は、幸せのあまり涙を流しました。私の中の小さな声が絶えず、私がグランプリの当選者となる、それは一〇万リンギットの小切手を私のもとに届けるべく、出来事や人々や環境について、神様（宇宙）が手筈《てはず》を整えてくれたものなのだと告げていました。

それから私は、「**ザ・シークレット**」の「お金の秘密」の章を読み、映画を観ました。

賞は自分のものであるということに疑いが生じる度に、すぐさま、ステージ上で微笑み一〇万リンギットと記された大きな小切手のパネルを抱えている自分のイメージに切り替えました。

グランドファイナルの朝、私たちが家を出る前に、夫が私に「君が書いたあの一〇万リンギットの小切手を持っていきなよ。今日は本物を請求するんだろ」と言ったので、私はその通りにしました。

会場に入る前、最後にもう一度あの小切手を見て、当選する様子を思い描き、疑う気持ちを振り払いました。その時、小切手の上部にある「送金通知書」の文字に気付きました。その横には「いい気分になりましょう」と書かれていました。私は、急いで夫の iPhone を摑《つか》むと、美しい二歳の娘のフォトアルバムを開きました。彼女の愛らしい笑顔を眺めると心の中がとても幸せな気持ちで満たされ、私は正しい道にいることを確信しました。このイベントが行なわれている間ずっと、私はただ娘の笑顔を思い浮かべ、そして当選する場面を思い描きました。

そして、私はやりました！

グランプリの一〇万リンギットを手にしたのです。主催者が私の名前を読み上げたときは、まるでデジャヴのように感じました。なぜなら、それまでに同じ場面が幾度となく頭の中に流れていたからです。

小切手のパネルを受け取ったあと、審査員が言いました。「あなたが他の一〇人と会場に入ってきたとき、一番ハッピーに見えたのがあなたでした。もしかすると、あなたは当選することがわかっていたのかもしれませんね」

というわけで、それは本当に奇跡でした。八月一八日に私は一リンギット札にたまたま一〇〇〇リンギットと書き、また小切手へ一〇万リンギットと書き込んで、そして一二月一二日にその両方が実現したのでした。

家族と友人たちにこの出来事について話すと、これまで疑っていた彼らも信者へと変身しました。

マレーシア　クアラルンプール　エニー

あなたは、欲しいものを受け取ることはほぼ不可能であると感じているかもしれません。しかし、引き寄せの法則において、不可能は存在しません、すべてが可能なのです。このあとのお話に出てくる迷子犬となったパグ、ポパイのケースのように、ありえない奇跡を願ったにもかかわらず。

ポパイ

私の二一歳になる娘と四歳の雄のパグ、ポパイは四カ月私たちと一緒に暮らしており、その間、私がポパイの世話をしていました。娘が家を出るとき、彼女は私の愛するポパイを連れていきました。その後二カ月間、彼女からは連絡がありませんでした。私がポパイについて尋ねると、娘は庭から脱走してしまい見つからないのだと言いました。

私はチラシを作って、コピー屋さんに持ち込み一〇〇部のコピーを用意し、ポパイがいなくなった地域周辺一帯にポスターを貼りました。いなくなってからどのくらい経つのかと尋ねると、娘は一カ月と答えました。私は、娘がもっと早く知らせてくれなかったことにショックを受けました。統計によると、動物は最初の三カ月の間に見つけなければ、その後に見つかる確率は極めて低いのです。

やがてその地域からパグに関する何件かの電話がかかってきました。電話の相手がパグを見かけたと言えば、私はそれがどこであっても飛んでいきました。ある日、電話をくれた人は、雄のパグを保護していると伝えてきたので、その住所まで向かったのですが、私の愛犬ではないことがわかりました。時が経ち、さらに多くのチラシを貼りましたが、かかって来る電話はだんだんと少なくなっていきました。私は、新聞に広告を載せ、近隣の住人を探し、人に会えば話をし、追加のチラシを配りました。

その時まで私は「**ザ・シークレット**」のことを知りませんでした。出会いは、息子をミシシッピ州立大学のオープンキャンパスに連れていき、キャンパス内の書店に立ち寄ったときです。一度目に書店へ入った際は、いくつかの品物を買いましたが、その中に『**ザ・シークレット**』はありませんでした。といいますか、その時は見もしなかったのです。しかし、しばらくして息子が他のものも欲しいと言ったので、私たちは書店へ戻りました。そして、会計の列に並んでいるときに、『**ザ・シークレット**』を目にしたのです。それがどんな本なのか見当もつきませんでしたが、表紙が印象的だったので購入することにしました。週末が終わり、私は家へ持ち帰った本を読みはじめました。そこで、なぜポパイがまだ家に戻っていないのか理解したのです。ポパイがいなくなったとき、私はガレージに彼のベッドをしまいました。それは、私のクローゼットの中にあったのですが、目に入るのがつらくて片付けてしまったのです。私はベッドをクローゼットへ戻し、動物病院で彼の餌を買いました。相変わらずポスターは貼っていましたが、ポパイが帰ってきたことへの感謝も毎日口にしました。私はポパイが帰ってきたことへの感謝のあまり、泣いてしまうほど深く信じていました。

数週間は、何の電話もありませんでしたが、それでも私は決して信念を失いませんでした。そしてある日、近くでパグを見かけたという人から電話がかかってきました。彼らがその犬を見たのは、ポパイがいなくなってから数週間経ったばかりの頃でした。しかし彼らは万が一の可能性もあるからと連絡してくれたのでした。何て親切な人たちでしょう。それから数時間後、別の電話がありました。その男性によれば、ポパイはこの男性の姪《めい》と共にテキサスにいるというのです。ちょうどポパイがいなくなった頃、その姪は男性宅を訪れていて、ポパイが逃げ出した場所から非常に近い学校のそばでポパイを見つけたのだと言いました。男性の姪は、近所を歩きまわりながらポパイを知っている人を探しましたが、誰も見つかりませんでした。そこで、帰宅する日がやってくると、彼女はポパイを連れて帰ったのだそうです。この男性は数カ月旅行で家を空けていたのですが、家に戻ってから街に貼られた私のチラシを見て、姪に電話をかけ、飼い主がポパイを探しているということを伝えてくれたのです。男性は彼の姪の電話番号を教えてくれたので、私は彼女に連絡し、彼女のもとにいる犬は、ポパイに教えていた芸ができるかどうか確認しました。そして案の定、その犬はポパイの芸ができたのです。

さて、テキサスにいるポパイをミシシッピに住む私がどうやって連れ戻したのか、あなたは疑問に思うことでしょう。お話のオチはこうです。彼女は私の父親が暮らす場所から一五分の距離に住んでおり、父がポパイを引き取りにいってくれたのです。そして、私の息子の卒業式のために我が家を訪れる際に、ポパイを連れてきてくれたのでした。

アメリカ　ミシシッピ州　**マルタ**

マルタは、ポパイが戻ってきたと彼女自身が信じる状態にならなければいけないと知りました。愛するペットがいなくなってしまったときに、これは容易なことではありません。

彼女がとった特定の行動――ベッドをクローゼットに戻したり、ポパイのために餌を用意したり――は、とてもパワフルなものでした。なぜなら、それらの行動は、ポパイが帰ってきたということを意味するものだからです。マルタの信念はとても強くなり、ポパイが帰ってきたことへの感謝の気持ちが湧き起こって泣いてしまうほどでした。このような信念が、創造のプロセスにおける二つ目の重要なステップなのです。

次のステップ：信じましょう

お願いし、信じ、そして受け取る。あなたの望みを叶えるための簡単な三段階です。この内、第二段階の**信じる**というのが一番難しいのですが、それが最も重要です。**信じる**というのは疑いがないことです。**信じる**と心が揺らぎません。**信じる**というのは絶対的な忠誠です。世界で何が起きようと、**信じること**は確固たるものです。

信じることをマスターすると、人生をマスターしたことになります。

ザ・シークレット　日々の教え

私は信じます！

半年ほど前、私とボーイフレンドはどちらからともなく、彼がかつて住んだことのある別の街へ引っ越すことに決めました。まず彼が先に友だちと移りました。その方が、彼が仕事を見つけるために都合がいいからです。私にとっては、当然それはつらいものでした。彼が恋しくて仕方なかったのです。しかし、私もすでに退職届を出していましたし、一カ月後に彼を追って引っ越す予定になっていました。時が経過し、物事は何の進展もないように見えました。ボーイフレンドは就きたい仕事に就けなかったため、一カ月近く無職のままでした。私もまた新しい仕事が見つからずにいました。そして何より、私のアパートの部屋を引き継ぐ人が誰も見つかりませんでした。もし私が引っ越す日に入居できる人が誰もいないとなると、私は三カ月分の賃料を支払わなければなりません。その余裕が私にはありませんでした。私とボーイフレンドは何マイルも離れています。私は孤独でほとんど絶望していました。時間とお金だけがなくなっていくようでした。

ある週末、私がボーイフレンドを訪ねたとき、私たちはアパートを見つけました。しかし、その部屋にまだ住んでいる家族は、私たちが入居する予定だった日の数日後まで転出することができないことがわかりました。私たちはすでに引っ越し業者を手配してしまっており、日程を変更することはできませんでした。とても面倒なことになったと思いました。

引っ越しの一週間前、本当に落ち込んで涙にくれていたとき、私は『**ザ・シークレット**』を読みました。私は二個の石を「感謝の石」として選び、片手で石を握りながら、人生で感謝することすべて、そして手に入れたいものすべてを書き出しました。私は仕事を願い、休暇もお願いしました。仕事はすぐに見つけたかったのですが、街に慣れ、新しいアパートに落ち着くための時間も欲しかったのです。ボーイフレンドの仕事もお願いしました。それから、週末、予定通りの日程で入居できるようお願いしました。一日も遅れることなく、です！　私は引っ越すことになっている家の写真を二枚プリントアウトして、引っ越したい日付を大きな赤の数字で書き入れました。一枚を持ち歩き、もう一枚はベッドの脇に置きました。そして、私がアパートを出る日に、感じのいい女性が入居してくるようにお願いしました。

私は石をジーンズのポケットに入れて持ち歩くようになったので、それに触れる度にあの夜書いたリストのことを思い出しました。

そして何が起きたと思いますか!?　転出予定日の五日前にある女の人が電話をかけてきて、私の部屋に入りたいというのです。一緒に持っていけないので売りたいと考えていた洗濯機まで、彼女が買い取ってくれました。ボーイフレンドと私は、予定していた通りの週末に新しいアパートへ移ることができました。私たちは同じ日に、新しい仕事に契約することとなり、それまでの二週間、私たちの美しい新たな街になじむ時間が手に入りました。

「**ザ・シークレット**」と、そして私自身をより深く知ることができて本当に感謝しています。これは効果があります。あなたがすることは、ただ信じること。特に自分自身を信じてください。毎日、「**ザ・シークレット**」が私を助けてくれています。ロンダ、私たちと「**ザ・シークレット**」をシェアしてくれてありがとう。私もシェアしつづけようと思います。

ドイツ　ニア

あなたが欲しいものは、お願いした瞬間にあなたのものだということを知らなければなりません。あなたは、完全なそして全面的な信頼を持たなければなりません。今それを手にしているように振る舞い、話し、考えなければなりません。それが、信じるということです。

ニアは、すでに持っているという信念を強化するために、引っ越しの日を書き込んだ新しい家の写真を使いました。このように信じることができる状態になれば、宇宙はあなたが受け取るために、あらゆる人たち、環境、出来事を動かしてくれるでしょう！

それがどのようにして起こるのか、宇宙が「どうやって」それをあなたのもとに運んでくるのかは、あなたが気にかけることではありません。あなたのために、宇宙にそれをさせましょう。あなたが、どのように実現するのかを考えてしまうことは、十分に信頼していないという周波数を放出することであり、すでに手に入れているということを信じていないことになるのです。あなたは「あなたが」それをしなければならないと考え、宇宙が「あなたのために」してくれるということを信じていないのです。

グリーンカードの奇跡

二〇一一年の一月、故郷であるインドのケララからアメリカへ戻る途中、私は空港にある小さな本屋さんで『**ザ・シークレット**』を買いました。ＬＡへと向かう機内で本を読み、私の人生はすっかり変わってしまいました。私はこれまでずっと否定的な思考ぐせに悩まされてきましたが、「**ザ・シークレット**」の教えは、私が物の見方を変え、未来を切り開くための助けとなりました。

しかし、相変わらず何度も挫折《ざせつ》してしまいました。しばしば新しい仕事や美しい家、素晴らしい人間関係といった恩恵に目を向けず、持っていないもの——特に、私がアメリカに住み続けるためのグリーンカード——に対して意識を向けていたのです。

私は、短く終わった結婚生活に基づく一時的なグリーンカードは持っていましたが、永続的なものを取得するためには、その婚姻が要件を満たす未《いま》だ有効なものであることを証明しなければなりませんでした。婚姻が正式なものであることに間違いはありませんでした（それを証明するのに心の傷がありましたが）。ただ、夫と私は結婚式のあと、一年近く別居しており離婚成立に向けて動いていました。

高額になる移民弁護士を雇わなくてはなりませんでしたが、私がしたことといえば、これらすべてにかかる費用や、国外退去させられそうだという事実について嘆くことだけでした。その結果、引き寄せの法則によって、問題を引き寄せつづけることになったのでした。

「ザ・シークレット」のサイトを訪れて、尻込《しりご》みしている私の背中を押してくれるような証言をいくつか読んでみようと思い立ったときには、事態はますます悪くなっていました。

そこに書かれている多くの人の個人的な奇跡体験を読んで刺激を受けた私は、すぐさま現在のグリーンカードを二枚プリントアウトし、有効期限を二〇一一から二〇二一へと書き換えました。そしてその一枚を、目にとまりやすい場所である職場のコルクボードに貼り、もう一枚は財布の中にしまいました。

それから、願い事の実現を確実にすることを実践しました。すべてを忘れたのです！　プロセスについては一分たりとも考えることに時間を費やすのをやめました。弁護士が何を手がけているか、十分な関係書類を自分が提出したかどうかなど、ネガティブな思考は一切忘れました。

私はまた、普段ついやってしまいがちになる、創造のプロセスに「手を貸す」ということもしませんでした。入国管理官との面談がうまく行くことも、弁護士が、私にとって有利になるように素晴らしい議論をしてくれることもイメージしませんでした。ただシンプルに手放したのです。だれかが様子を尋ねてくるたびに、私は肩をすくめて申請中だと伝えました。弁護士事務所を再訪することも、その日までに入国管理局から面談について連絡がくるはずだと気をもむことも拒みました。

私のビザ取得の手続きについての理解では、思いつくことと言えば、短い面談、入国管理官が私に好意的で話し合いがうまく行くといった程度のものでした。しかし、引き寄せの法則は私が想像した以上のものを与えてくれたのです！　六月の一週目、今のカードの期限が切れるまであと二カ月というときに、私は郵便で新しいカードを受け取りました。面談も、入国管理官も、話し合いも、弁護士事務所への再訪問も、何も必要なく、ただ私があの時書いた有効期限よりも一年多い「二〇二二」と印刷されたカードだけが届いたのです！

私がこの体験から学んだことは、多くの場合において、正しい答えは欲しいものについてポジティブなことを考える努力をすることではないということです。大切なのは、お願いし、信じ、そして手放す能力です。宇宙が私の願いを受け取ったと信頼すること、それをクリアに明確に発することができたと自信を持つこと、そして願いは叶えられたと信じること、これが、私がマスターした三つのステップです。私は今なお、お願いを微調整し、ポジティブな波動を与えることで引き寄せが働くのを助けようとする衝動を我慢することに取り組んでいます。

アメリカ　カリフォルニア州　ロサンゼルス　**アンビカ N.**

アンビカが気付くに至ったように、あなたがいい気分でいるとき、いい気分ではないときと比べて、望むものを受け取ることを信じるのがより簡単になります。だからこそ信じることはポジティブな感情であり、いい気分でいる状態と同じ周波数にあるのです。ですから、気分が良くないときに「信じる練習」をしようとはしないことです。あなた自身をいい気分にして、それから信じる助けになるようなビジュアライゼーションや練習を行ないましょう。

日々の生活で色々な不満を抱いていると、不満の波動が発信され、自分の望みを引き寄せることができなくなります。

自分の思考や言葉を通して、良い波動を発信しましょう。まず気分を良くし、次に素晴らしいものをもっと受け取る波動を発信するのです。

ザ・シークレット　日々の教え

一度お願いしたら手放しましょう

私と夫は新しい家を買い、現在の家は買い手が見つかるまで空き家にすることにしました。不動産市場の値崩れを受けて、これはとても大きな賭《か》けでしたが、私たちは楽観的でした。しかし、七カ月の間に二〇回以上のオープンハウスを開催してもまったく購入希望者が現れないために、私はだんだんと気落ちし、二つの住宅ローンを抱えることにストレスを感じはじめていました。

私が初めて「**ザ・シークレット**」のことを知ったのは「オプラ・ウィンフリー・ショー」を観ているときでした。それからまもなくして、私は夫を誘って一緒にネットでこの映画を観ました。それは金曜日でした。そして日曜日、ゴミを片付けるために私たちは空き家へ出向きました。その際に、「**ザ・シークレット**」を観て学んだことを使ってみることにしました。私は、家の売却について一度お願いをし、「商談中」の看板をビジュアライズし、感謝の気持ちを感じた後、それを手放しました。

ガレージを閉めて車に戻る途中、一人の男性が、芝生に立てられた「売り出し中」の看板のところで、チラシを手に取っているのを目にしました。

次の日、不動産屋から、三件の購入オファーがあったことを知らせる電話がかかってきました。そしてそれから四五日後に、私たちは取引を終了させることができたのでした。

アメリカ　カリフォルニア州　ブレントウッド　**トリシア**

お願いし、信じ、そして受け取る

念願だった旅行

物心ついた時から、私は旅行をしたいと思いつづけてきました。私に言わせれば、世界を見て地球が与えてくれるものを体験すること以上に素晴らしいことはありません。高校生の時、このことを日記に記していたことを覚えています。基本的には、いつか旅をすると宣言する内容です。その頃の私は自分では気付かないまま「**ザ・シークレット**」を使っていたのだと今になって気付きました。ただ、私の最初の目標は大学を卒業することでした。

アメリカの不況の中での暮らしは退屈で、時にとても苛立《いらだ》たしいものでした。まさか自分が、大恐慌以来の経済危機の最中に大学を出ることになるとは想像もしませんでした！

お金はまったくなく、学生ローンを受けており、その上、小さな学生街ではどうしても仕事を見つけることができませんでした。私は心底失望しはじめました。

『**ザ・シークレット**』は読んだことがあり、いくつかのことについては使ったことがありました。しかし、全身全霊を込めて、本当に心から信じてはいなかったのだと思います。

ですから私はもう一度読もうと決め、その結果、今回はとても胸に響いたのです。

私の周りの世界は「旅行なんか絶対にできっこない」と叫んでいましたが、旅行を現実化するために、卒業までの三カ月半の時間がありました。素晴らしい、そして協力的な人たちである両親でさえ「旅行のことなんか忘れなさい。当分の間は無理よ。あなたはお金がないんだし、私たちも払ってあげないからね！」と言いました。あきらめないこと、そして「その通り」と言わずにいることは、時として困難でした。私はその代わり頭を横に振って、そのことについて彼らに話すことはやめようと決めました。彼らはとてもネガティブだったからです。その間、私は毎日のように、自分に向かって「私は旅行に行く。どうやって行くか、いつ行くかはわからないけど、必ず実現する」と言い聞かせていました。

私は行きたいところの写真を貼ったビジョンボードを作りました。そして毎晩欠かさず、日記をつけました。人生で感謝できること――人に対して、愛している部分、私自身について愛しているところなど――を書き出し、世界を見る機会を得てどんなに感謝しているか、それが私の魂にどんなに素晴らしい影響を与えるかを書き記しました。何週間も何週間も日記を書くうちに、本当に、すでに受け取ったかのような気分になってきました。私は心からそれが実現すると信じていました。

そして、一カ月半ほど実践した頃、旧友からメールが届き、イタリアでのポジション――文化交流のために、そこの家庭で暮らすこと――の提案を受けたのです！　それから、そのお家《うち》の人から連絡があり、向こうでの生活費を出してくれるというオファーをいただいたのでした。信じられませんでした。このチャンスは文字通り私のもとに「舞い込んで」きたのです。

そのあとで、私は思いました。「よし、ここまで来たっていうことは、お金もやってくるはず。さあ、あとはどうやってそこまで辿《たど》り着くかだわ！」私は、絶対に行ける、飛行機のチケット代だけあればいいと、自分に言い聞かせつづけました。

数週間後、私は大学を卒業しました。そしてなんと、みんなが卒業祝いのお金を送ってくれはじめたのです。全部合わせると、ちょうどチケットを買うために必要な額になりました。それから、私は気付きました。せっかくイタリアまで行って、イタリアだけ見るわけにはいかない。ヨーロッパをもっと見て回りたい。そこで最後の一カ月はバックパックで回ることに決めました。友だちや家族は心配しました。

「そんなお金どうやって貯めるの？　独りで行くの？　誰と一緒に行くの？」私は、「その時が来たらわかるわ。一緒に行く人が現れるし、十分なお金を用意できる。私にはわかるの！」と言い張りました。

そんなわけで、私は一カ月多く滞在する前提で帰りのチケットを予約しました。そのまさに翌日、他の州に住んでいる親友が近況を尋ねる電話をかけてきました。私たちは長いこと話していませんでした。私がヨーロッパを旅行する計画について話すと、彼女は即座に言いました。「私も一緒に行く！　今からチケットを予約するから……ローマで会おうね！」

旅行全体が「**ザ・シークレット**」を使うことによって実現したのです。ただ自分自身の思考を変えるだけで、素晴らしいことが起きるとわかり最高の気分です。私の旅は人生を変える体験でした。お金は十分すぎるほどあり、旅の終わりにはお金が余った程でした。

本当にその通りです。お願いし、信じて、受け取る。本当に効きました。ありがとう、ありがとう、ありがとう。みなさんに神のご加護がありますように。

アメリカ　ワシントン州　シアトル　**アシュリー S.**

一度お願いをし、信じ、そしてあなたは受け取りました。受け取るためにあなたがすることはいい気分になることです。あなたがいい気分でいるとき、あなたは受け取る周波数になっています。その周波数でいるとき、あらゆる良いことがあなたのもとにやってきます。そして、あなたはお願いしたものを受け取ることになるのです。

その周波数になる一番の近道は、「私は今受け取っています。人生のあらゆる良いことを今受け取っています。私は「　　　　　」（空欄に入れてください）を今受け取っています」と言うことです。そして「感じて」ください。すでに受け取ったかのように感じるのです。

まさにアシュリーが日記を使って行なったことです。そしてすでに受け取ったかのように振る舞うことで彼女は信じられるようになり、そして受け取ることができるようになったのです！

小さなことをお願いしてみましょう

ほとんどの人は、小さな願い事はすぐに実現させることができます。それは小さな事に対しては抵抗が全く無く、それと矛盾する考えを抱かないからです。しかし大きな願い事となると、その実現について疑いや不安を抱きがちです。願いを実現するのにかかる時間に差があるのはこの違いだけなのです。

ザ・シークレット　日々の教え

一ペニーを見つけたことがすべてを変えました

『**ザ・シークレット**』を読んだあと、私は、本に登場する羽根をイメージした人のように、何か小さなものから始めることにしました。私は一ペニーをイメージすることに決め、そのペニーは特別なものであるようにしました。見つけたとき、私のペニーは表が上になっていて、ピカピカ光っていて、そして一番大事なのは、そこに「一九九六」と記されている、私はそうイメージしました。この年は、私にとって特別なものです。ですから、この年がペニーに刻印されていることはとても重要でした。

私は四日前にこのペニーをイメージし、その後の数日は何度かこのことを考えました。

何度か、駐車場や歩道でペニーを探している自分に気付きました。私は、私がペニーを探す必要はない、向こうが私を見つけてくれるのだと自分に念を押さなければなりませんでした。

今日ペニーのことをそもそも考えたかどうかは定かではありません。ペニーをイメージして以来、まったくペニーを見かけていませんでした。今夜、映画を観にいき映画館を去るとき、ふと地面に目を落としました。するとそこにはピカピカのペニーが一枚落ちていたのです。とっさにこれは私のペニーだと思いましたが、触れる前に表が上になっているか確かめました。案の定、そうでした。素早く拾い上げた私は、声を上げてしまいました。そこには「一九九六」の文字があったからです！

小さいことから始めてみて本当に良かったと思いました。なぜなら心から信じるためにそれが必要だったからです。今や私は何でもできて何でも手に入るのです。私の知り合いすべてにこの本を買って贈りたいと思います！　どうもありがとう、心から感謝しています！

アメリカ　コネティカット州　**アマンダ**

宇宙があなたの欲しいものを現実化するのに時間はかかりません。あなたが時間的な遅れを体験するのは、あなたが望むものはすでにあると信じ、理解し、感じるレベルに至るまでに遅延が生じるためです。宇宙にとっては、一〇〇万ドルを現実化させるのも、一ドルを現実化させるのと同じように簡単なことです。なぜ片方は早く実現し、もう片方にはより時間がかかってしまうのか、そのたった一つの理由は、あなたが一〇〇万ドルは大金で一ドルはそれほどでもないと考えるためです。何かをとても大きなことだと感じるとき、事実上引き寄せの法則に対してこう言っていることになります。「これはすごく大きいから実現するのは難しいだろう。おそらくとても長い時間がかかるはずだ」そしてその通りになるのです。なぜなら、あなたが考えて感じたことは何であれあなたが受け取るものとなるからです。ですから、何か小さなことから始めることが、引き寄せの法則があなたのために働くことを体験する簡単な方法であると言えます。それが働いていることを目の当たりにすれば、あなたが抱くであろう疑いは消えていくことでしょう。

何か小さなもの

私が初めて「**ザ・シークレット**」のことを耳にしたのは友だちを通じてでした。彼女は私に繰り返し、私の人生で起きることはすべて「**ザ・シークレット**」のおかげだと言いました。私は考えつづけました。「『**ザ・シークレット**』っていったい何なの？」彼女は教えてくれませんでした。彼女は「もし私が話しちゃったら秘密じゃなくなるでしょ！」とだけ答えました。だから私はただ軽く受け流して、深くは考えませんでした。

数カ月後、カナダから従兄弟《いとこ》が私のもとを訪ねてきました。会話の中で、たまたま同じ話題になりました。「**ザ・シークレット**」についてです。彼は、「**ザ・シークレット**」がどう人生を変えてくれたのか、そしてそれを実践することでどれだけ多くの素晴らしい出来事が自分の身に起きたのかを話しつづけました。その頃には、「じゃあ、この『シークレットブーム』がどんなものか確かめてあげようじゃないの」という気持ちになっていました。

結局、私はオンラインでＤＶＤを申し込み、映画を観てみました。私は思いました。「ふーん……面白いわね、これが本当かどうかどうやって確かめればいいだろう？」

私はすごくシンプルな何かで、けれどもどうしても欲しい何かで試してみればいいと思い付きました。これがおかしな、「**ザ・シークレット**」はウソだと証明するためのちょっとした方法でした。変かもしれませんが、その頃私は、本当にハーガウ（蝦餃子《えびギョーザ》）という中国の小さなダンプリングを食べてみたくて仕方がなかったのです。私が住んでいたのは住人のほとんどが白人というコミュニティーだったので、本格的な中華料理店を探すのは難しい地域でした。しかし、「**ザ・シークレット**」は欲しいものをビジュアライズしろと言います。ですから私はそうしました。さらにハーガウがあるところをくまなく探しました。「**ザ・シークレット**」の話も、この料理をお願いしたことも一切口にしませんでした。私は、ただ丸々一週間くらいの間そのことを考えつづけたのですが、まったく現実化しませんでした。

そして、ある夜眠りに就く前に、私は独りごとを言いました。「いずれにせよ、私はこの料理を食べる。どうやってかはわからないけど、必ず食べる」次の日、前の夜に言ったことは完全に忘れ、職場に向かいました。私は、仕事でいつもすることに取りかかりました。その時、同僚が現れ、こう言いました。「キッチンへ行こうよ。他の部署がみんなのために朝ご飯を用意してくれたんだって」私は彼女についていきました。そしてそこで何を見たと思いますか? ハーガウです! 思ってもみませんでした。信じられない展開です。これは朝食に食べる料理ではありません! でもそこにあったのです。

一度本気で信じたら叶ったのです! 私はこれを持ってきた女の子に、なぜこれを朝食に買ってきたのか尋ねました。すると、彼女は「家の近くで朝の六時から開いているお店はここしかなかったんだもん！」と答えました。その瞬間から、私もすっかり信じるようになりました！

アメリカ　カリフォルニア州　**ラーニ R.**

「ただ、本当に効果があるのかを確かめるため」だけに、小さなことをお願いし、「**ザ・シークレット**」の力を「試す」というのは、通常あまりしないかもしれませんね。

次のお話の中で、ジェイソンもまた、とても小さなものから始めることにしました。そして彼は、もし現実化したら疑いようのないような、非常に珍しく具体的なものを選びました。

僕は信じることをやめました。その時までは……

引き寄せの法則は、「**ザ・シークレット**」が公開される前から一年間勉強してきました。何一つ実現していませんでしたが、映画には感動しました。

映画との出会いはとても勇気づけられるもので、週に何回も観るほどでした。本当に楽しめました！

ある場面で、「まず一杯のコーヒーを引き寄せること」から始めてみましょう、というのがありました。オーディオブックでは、引き寄せの法則が本物であることを確かめるために、羽根を引き寄せることにした男の人の話が登場します。

僕も、引き寄せの法則が本当であると「証明」してみることに決めました。

僕は、自分にとって、まるっきり突飛な何かを引き寄せることで試してみたいと考えました。そこで選んだのは赤い指貫《ゆびぬ》きでした。毎日、目標ノートの中にそれを書き、頭に思い描き、目を閉じながら、指を眺めながら、赤い指貫きがそこにあるようにイメージしました。ここで書いているような、もし赤い指貫きを引き寄せたら投稿する体験談を語る内容を、自分へ宛ててメールすることまでしました。

二週間過ぎましたが、何も起こりませんでした。映画では、その日のうちにコーヒー一杯を引き寄せられると言っていますし、羽根を引き寄せた人は二日しかかかりませんでした。二週間も経っているのに、僕は何も手にしていないのです！

そしてある日、僕が受けている即興のクラスで、決まった単語を使いながら登場し、そして退場する、という寸劇を演じることになりました。僕が与えられた単語は「指貫き」だったのです。

それは「続けなさい。もうすぐあなたのもとにやってくるよ！」という宇宙からのメッセージだと感じました。最高の気分でした。

その通りにし、次の月も続けましたが、何も起こりませんでした。

僕はがっかりし、苛立ち、そして忘れることにしました。どう考えても、引き寄せの法則は働きませんでした。いや、それは僕が思っていたことと違います。引き寄せの法則は働いたのですが、使い方がわからなかったのだと思います。二カ月半も使って指貫き一つも引き寄せられない？　僕は自分が今何をしているのかわかりませんでした。

それから僕はラスベガスで行なわれたマジシャンのコンベンションに参加しました。

コンベンションの最後に、僕たちの先生が、ゲストブックに名前を書き、先生の「宝物箱」に手を入れて巡業中に使っている小物を一つ持ち帰ってもいいということになりました。

他のマジシャンが名前を書いて戻ってきました。「この石を見てよ!」彼は言いました。「これを『感謝の石』に使おうっと!」

「えっ、君も『**ザ・シークレット**』を観たことがあるの?」僕は尋ねました。彼はうなずきました。その時ピンときたのです。僕の赤い指貫きは、あの宝物箱の中にある。これは新たなサインだ。僕はそこに歩み寄り、ゲストブックに名前を書き、宝物箱を開けました。一番上にあったもの、それは赤い指貫きでした。信じられませんでした! 僕は箱の中身全部を探りましたが、これの他に赤い指貫きはありませんでした。それはたった一つだけ、しかも僕が選んだ色である赤い色をしていました。

現在僕は、これを願ったとき自分へ話したように、この指貫きを肌身離さず持ち歩いています。今もポケットの中に入っています。これに触れると、僕の引き寄せの法則への信頼はこの赤い指貫きの中にあることを思い出します。運や偶然であるはずがありません。これは僕が創造したのです。

小さな赤い指貫きが僕のもとへ来るのに、どうしてこんなに時間がかかってしまったのかはわかりません。引き寄せの法則の使い方を完全に覚えたかどうかもまだわかりません。でも、ポケットの中にある赤い指貫きに触れるたびに、信じることができます。これまで完全には信じていませんでしたが、今は違います。引き寄せの法則は本物です！

アメリカ　ミシガン州　**ジェイソン**

それは本当にあなたの人生を変えるでしょう

「ザ・シークレット」が家族の人生を変えました

一年半ほど前、私は夫が南アフリカに滞在している数カ月の間、二人の娘（生後五カ月と五歳）とロサンゼルスに住んでいました。南アフリカではそれ以上経済的に立ちいかなくなったため、夫と私は、私が娘たちを連れてしばらくの間支援してくれる家族が住むロサンゼルスに移ることがベストであるという結論に達し、離れて暮らすこととなったのでした。

夫と離れていること、そして娘たちにとっては父親から離れて暮らすことは、精神的にきついものでしたが、どうにかやっていけるとは思っていました。

三人の異なる人たちから、「**ザ・シークレット**」のこと、そしてこの映画を観てどれだけ人生が変わったのかを聞かされました。私はネットに接続し、この映画を観るためのお金を払いました。映画を観終えて、私は実際にこの「**ザ・シークレット**」を使って生きていたことに気付きました。私は日記に感謝するものをすべて書き記していました。金銭面に関してもなんとかなると本気で信じており、そして夫ともまた会えると確信していました。

私はまた、私と夫が同じ場所にいるとき、何かがうまく行っていないこと、そしてそれは、夫が「**ザ・シークレット**」を使って生きておらず、私は使っているためだと気付きました。この映画を夫にも観てもらわなければと思いました。

私は最終的に多額のお金を受け取り、南アフリカに戻りました。ＤＶＤを夫に渡し、これが人生を変えてくれると伝えました。その時点での彼は、娘から離れ、パンと水だけの生活を送っていました。犬たちは飢えており、夫は仕事が見つからずに、請求書の支払いがまったくできませんでした。南アフリカに戻るとき私は、請求書の支払いができて、栄養のある食べ物を買うだけの十分なお金、そして私たち家族全員の人生を変える鍵《かぎ》を持っていました。

夫は「**ザ・シークレット**」を観ては寝てしまうということを何週間も何週間も繰り返しました。彼は、持っていないものではなく、人生で本当に手に入れたいものへ意識を集中させました。

私たちは、欲しい家のことを含め、望む人生を紙に書き出しました。南アフリカでの生活を引き払って、求めていたロサンゼルスでの暮らしに移りました。まさに思い描いた通りの家を手に入れ、長女はロサンゼルスで一番良い私立学校に入りました。夫は仕事を続けることができているため、経済的に安定しています。毎日の生活で私たちは奇跡が起きるのを目の当たりにしています。私たちの想像を超えた奇跡です。私たちは、南アフリカでの生活と離れて暮らした時間も申し分なかったと感じることができますが、今は白色の光で輝く未来を見ることができます。そしてこれは、夫が「**ザ・シークレット**」を観てから一年しか経たずに起きたことなのです！

「**ザ・シークレット**」は私の家族全員の人生を変えました。そしてこれから先もずっとそうでしょう！　今では私たちみんなが、ただお願いし、信じて、そして受け取れば良いのだということを知っています。この方法を使えば使うほど、現実化は早くなるのです。偉大な力です！　そして私たちの体験談をシェアすることによって、私たちの周りにあるたくさんの人生を変えるお手伝いをすることができたのです。ありがとう。

アメリカ　カリフォルニア州　ロサンゼルス　**アレックス**

あなたがどこにいようと、また、物事がどれ程困難に見えようと、あなたは常に大きな未来に向かって歩んでいるのです。いつもそうなのです。

ザ・シークレット　日々の教え

創造のプロセスの鍵

- 引き寄せの法則では、不可能なものはなく、すべてが可能です。
- あなたは絶えず考えることを何であれ、あなたの人生に引き寄せることとなります。
- お願いし、信じ、受け取る――あなたが、欲しいものを創造するのに必要なのは、たった三つのステップです。

創造のプロセスの第一歩はお願いすることです。お願いするためには、あなたが欲しいものをただ頭の中ではっきりさせれば良いのです。

どれだけ具体的に願ってもかまいません。

いったんお願いをすれば、欲しいものはすでに自分のものであると理解しましょう。

創造のプロセスの次なるステップは信じることです。あなたが望むものをすでに受け取ったかのように振る舞い、話し、そして考えてください。

信じるために、今あなたが欲しいものを手にしているように考え、話し、振る舞うのです。

宇宙がどのようにして望むものをあなたのもとへ届けてくれるのかは、あなたが気にかけるべきことではありません。

あなたが信じるとき、宇宙はあなたが受け取ることができるよう、あらゆる物事を動かしてくれるでしょう。

- 何か小さなことをお願いして、「ザ・シークレット」の力を試してみましょう。
- 創造のプロセスの最後のステップは受け取ることです。あなたがいい気分でいるとき、あなたは受け取ることのできる周波数にいます。そして、あなたが欲しいものはあなたのもとへやってくるのです。
- 一度お願いをし、すでに受け取ったと信じる、そして信じるためにあなたがすることはいい気分になることです。
- 今すぐ思考を変えましょう。そうすればあなたの人生は変わります。

人生を変えるには、ある時点で
もうこれ以上苦しむのではなく、幸せに生きようと
心に決めれば良いのです。
そのための唯一の方法は、何でも良いですから
感謝できるものを探すと決心することです。

ザ・シークレット 日々の教え

第2章　幸せのために「ザ・シークレット」をどう使ったか

幸せは、あなたが幸せだと感じる思考にすべての意識を向け、あなたを幸せにしない思考を無視することによって訪れます。

あなたの人生は、あなたの手中にあります。あなたが、今どこにいようとも、あなたの人生にどんなことが起ころうとも、意識的に思考を選択することで、人生を幸せに満ちたものへと変えることができるのです。絶望的な状況というものは存在しません。幸せを感じる思考へと意識を向けるとき、あなたは幸せだと感じるだけでなく、あなたの人生におけるあらゆる環境が良い方向へと変わりはじめるでしょう！

簡単に言えば、あなたの現状は、これまでに考えてきたことの結果です。そのために、思考と気分を変えることによって、あなたの人生全体を変えることができるというわけです。この真実を次の体験談に登場するトレイシー以上にわかっている人はいないでしょう。

『ザ・シークレット』は私の人生を救ってくれました！

他の多くの人たちのように、私は望まれない子どもとして虐待されて育ちました。自殺未遂、摂食障害、その他の自傷行為は私の拠《よ》り所になっていました。私は、無価値感や自己肯定感の欠如といった感覚を抱えたまま大人になりました。

誰も私のためにそこにいてはくれないとの思いから、私は看護に打ち込み、常に他人の世話に没頭しました。女友だちにはいつも恵まれましたが、男の人との関係はずっと酷《ひど》いものでした。元夫は浮気の常習者でしたし、ボーイフレンドも私を裏切りました。私は、息子を可愛がっていましたが、自分はよい母親ではない、彼は私にはもったいない存在だという思いがありました。

真剣に自殺を考え、もう生きつづけられる道が見えないとき、親しい友人が勧めてくれたのが『**ザ・シークレット**』でした。この勧めがまさに私の人生を救ったのです。一読し、そして再び読み直し、新しい私の人生の一部として今でも毎日一章読むなど、今日に至るまでずっと読みつづけています。本を理解しどのように生きるかを学びはじめるまでにはしばらく時間がかかりました。最初は、考え方を変えるためにたいへんな労力を要しました。しかし、古い人生と現在の人生の間には何の関連性もないのです。私は、笑顔と感謝の祈りと共に毎日をスタートします。私はとても幸せです。誰もそれを私から奪い去ることはできないと実感し、日々喜びを感じています。なぜならば、私が幸せでいればいるほど、さらに多くの幸福を受け取ることができるからです。私はビジョンボードと共に、日記もつけつづけています。人生で出会った素晴らしい人たちみんなに心から感謝しています。これには私を本当に愛してくれる素敵な男性も含まれます。重要なのは、私もまた愛を返すことができるということです。とても難しい課題でしたが、自分を愛するということも学ぶことができました。私の人生は、仕事も家庭も、完璧《かんぺき》で満足できるものです。そして、人生のすべての分野においてとても大きな愛に恵まれています。

他の人たちも、人生がどれほど素晴らしくなりえるかを知ることができるように、『**ザ・シークレット**』を何人もの友人に贈りました。

カナリア諸島　**トレイシー**

自分自身を嫌うとき、あなたは、宇宙があなたに対して差し出している愛や幸せをすべて遮断しています。トレイシーは彼女自身や彼女の過去についての悲惨な考えを抱くことをやめ、ポジティブで、幸せな思考を選択しはじめました。理想のパートナーとの出会いをも含め、幸せになればなるほど、より多くの幸福が彼女の人生に訪れることを彼女は自分自身の力で発見したのです。

次に紹介するお話に登場するハンナもまた、『**ザ・シークレット**』を読み、考え方を変えた結果、人生を変え、新たな幸せを経験しました。

人生で最高の年

私が『**ザ・シークレット**』を読んだのは、人生の停滞期といった感じの時期でした。

人生がどこに向かっているのか、何がしたいのかわかりませんでした。恐ろしく退屈な夏休みのバイト中に『**ザ・シークレット**』を読んでから、私の人生は変わりはじめました。私は早速それを使ってみたのです。その頃の私は完全に金欠だったのですが、『**ザ・シークレット**』を読んだ晩に銀行口座を確認すると、考えていたよりも多くのお金が入っていることに驚きました。さらに、私は具体的なものも思い描いてみました。つやつやした銀色の口紅ケースです。これも、数日後に出合うことができました。

『**ザ・シークレット**』を読んだ数週間後、私は新しい仕事を見つけました。時間の融通が利く、驚くほど高収入の仕事です。さらには、マンハッタンにあるPR会社からインターンシップのオファーをもらいました。大学三年生になった私は勢いに乗っていました。インターンでは、重要なイベントに参加させてもらうことができ、影響力のある著名な人たちと出会うことができました。この副業のおかげで、経済的にも安定しました。このPR会社でのインターンシップが大手ファッション雑誌での新たなインターンシップに繋《つな》がりました。そこでは、素敵な服を無料で提供され、ファッションウィークへの招待も受けることができたのです。

一つの素晴らしい出来事が次へと繋がるということが一年を通して続き、『**ザ・シークレット**』を読んだことが、あらゆることを後押ししてくれたのだと確信しました。私の一年は、驚きと、心優しい人たち、わくわくするような機会、気前の良い贈り物、華やかなパーティーにあふれ、そして何よりも、良いことがどんどん起こってきました！　私は自分の周りに、同じような思いを持つ人たちを引き寄せたのです。

私は夏の間ニューヨークに住み、自分で家賃を払おうと決めました。インターンとして働いたPR会社に雇ってもらうことができ、今私はまさに思い描いた通りのことをしています！　今年は、私が描いていた通りの、本当にたくさんの、素敵でラッキーで、最高の出来事が起きました。書き出した項目は一〇〇近くあり、いいことが未《いま》だに起こりつづけています！

アメリカ　ニューヨーク州　ニューヨーク　ハンナ

過去を手放しましょう

もしあなたが絶えず人生を振り返り、過去の困難に意識を向けてしまうと、今現在のあなたのもとに、より困難な境遇を引き寄せてしまいます。人生について思い返すときは、子ども時代に嫌だったすべての思い出を手放し、大好きだったことだけを持ちつづけるようにしましょう。思春期や大人になってからの嫌なことも手放し、いいことだけを持ちつづけましょう。そうすれば、どんどん幸せを感じはじめている自分に気付くことでしょう。

ポジティブな思考を抱けば抱くほど、あなたが大好きなものやあなたをいい気分にしてくれるものの存在に気付き、より幸せになることができるのです。

類は友を呼びます。あなたが幸せであれば、幸せな人たち、環境、出来事をあなたの人生に引き寄せます。幸せな思考を一個ずつ、これが人生の変え方です！

あなたの心を反映したものがあなたの人生です。そして、何を心に抱くかは常にあなた次第なのです。

ザ・シークレット　日々の教え

新しい始まり！

私の人生は**「ザ・シークレット」**との出会いによって始まりました。

「ザ・シークレット」と出会う前、私は常に不満で、落ち込んでいました。自殺しようとしたことも何度かありました。いつも怒っていて、笑うことはほとんどありませんでした。自分自身のことも、周りにいるほぼすべての人たちのことも憎んでいました。以前は、進んで気が滅入《めい》るような音楽を聴いては泣き、悲しい映画を観ては泣き、問題について繰り返し繰り返し話しては泣いていたのです。お酒を飲んでは、友人たちに対して本当に酷い態度をとっていました。

もちろん、過去に起きたことは残念ながら現在もまだ私の人生にありますが、過去は変えられませんから、気持ちを切り替えて生きていかなくてはなりません。

「ザ・シークレット」に感謝します。

「ザ・シークレット」を使いはじめて以来、私を取り巻くすべての愛に気付くようになりました。かつてはわからなかったということが信じられません。本当に。ショックです。そして、すごく幸せです！　みんなが、今の私は別人だと言います。輝いているんです！

何人かの優しい友だちも見つけることができました。私が彼らに対し愛を示すと、みんなも私にそうしてくれます。ずっと望んでいた愛を、ますます受け取ることができています！

次のミッションはソウルメイトを見つけることでした。そしてそう、もう出会ってしまったのです。リストに書き出した人柄や特徴をすべて兼ね備えた人だと、わざわざ言う必要はありませんよね？

機会があれば必ず、いろいろな人に**「ザ・シークレット」**を勧めるようにしています。知り合いでない相手にさえ勧めます。私が感じているようなことをみんなにも感じてもらいたいからです。私はこれに心から感謝しているのです。もし**「ザ・**

シークレット」がなければどうなっていたかわかりません。

ありがとう、本当にありがとう、神様。

スウェーデン　**ミッキー**

創造とは、自動的に古いものに取って代わる、新しい何かが創り出されることを意味します。何を変えたいのか、あなたは考えなくて良いのです。その代わり、何を創造したいのか考えてください。あなたが人生をポジティブな思考と気分で満たすとき、罪悪感や恨みその他あらゆるネガティブな感情がなくなることに気付くはずです。そしてその時、あなたは、偉大な物語を紡ぎはじめることになるでしょう。それは、幸せで驚くべきあなたの人生についての実話です。

あなたを不幸せにすることをやめるだけ、これが幸せに対する答えです！　そして、あなた自身のみならず全人類にとって、不幸の最大の原因はネガティブな思考に注意を向けることです。あなたのすべてをポジティブで幸せな思考に捧《ささ》げることこそが、そこから抜け出す手段なのです。

友だちからの助け

友人が私に「**ザ・シークレット**」を紹介してくれたのは、二〇〇八年、四月半ばのことでした。彼女のお兄さんは、「**ザ・シークレット**」を生き方の指針にしており、彼女もまたそうしようと努めていました。彼女の目には、私が助けを必要としていると映ったようでした。二九歳だった私は、四年間も抗《こう》うつ剤漬けの日々を送っていました。子どもたちはソーシャルサービスによる保護下に置かれており、私は敗北感と孤独感に苛《さいな》まれていました。

『**ザ・シークレット**』を買った私はたちまち引き込まれました。一字一句が腑《ふ》に落ち、まるで、私の心について書かれていたもののように感じたのです。毎晩少しずつ読み、すべてを飲み込みました。私はそのルールに従って生きることを始めました。効果はすぐに表れました。これまでよりも自分が強く明るく感じられました。そして自分のことを、これまでの人生の中で感じてきたよりもずっと「リアル」に感じました。私は薬の服用をやめ、より力強く成長しはじめました。万が一、「足を踏み外した」ときに備えて、手元に薬を置いてはいましたが、あれ以来、一度も飲んでいません！　私はより良い人間になりました。より正しい人間になりました。この感謝の気持ち、そして私の強さと信念をシェアしたいと思います！

ソーシャルサービスは先週私の案件を終了させました。彼らはこう言いました。「あなたの変化が信じられないわ。メル、まるで別人みたいよ」「そうよ。私はついに私になったの！」私は微笑んで答えました。

今私は、人生を楽しんでいます。強さを感じています。感謝の気持ちを人々とわかちあっています。息子たちにとって、とてもハッピーな三五歳のシングルマザーです。ベッド脇には感謝日記を置いて、たびたび開くようにしています。何人かの人と**「ザ・シークレット」**をシェアし、苦労している友人には、小さなことでいいから感謝できることを見つけて、そこから生まれる気分を味わってみてとアドバイスしています。

時々、正しい道の上に駆け戻らなくてはならないと感じる場面もありますが、そのことを自覚し、すぐにもとの幸せな状態になることができます！　私のシークレット・シフターは効果があり、私が抱く感謝の気持ちは素晴らしいものです。ほんの小さなことに感謝の涙がこぼれてしまう自分に気付いたのです！　**「ザ・シークレット」**は効きます！　素晴らしいです！

イギリス　エセックス　**メリカP.**

メリカが触れていたシークレット・シフターとは、あなたが怒りやうっぷん、その他ネガティブな感情を感じていることに気付いたときにはいつでも、そうしたネガティブな感情を一瞬のうちに変えるために意識を向けることができるものをいいます。シークレット・シフターになりうるものには、美しい思い出や、未来の出来事、おかしな瞬間、大自然、あなたが愛する人物、お気に入りの音楽などがあります。あなたのシークレット・シフターはあなただけのものです。それらに頼るために、一覧表を作っておくのが良いでしょう。なぜなら、その時々で、効果があるものは異なるからです。あるものは効かなくても、別のものが効きます。

メリカのように、正しい道に駆け戻る必要があるときに、いつでもシークレット・シフターを使うことができます。あなたはいい気分になり、そうなることで、いいことを強力に引き寄せることができるのです！

見て、感じて、受け取りましょう

あなたが欲しいものをイメージしてみてください。それを手にしている様子を心から思い描き、あなたの内側で幸福感を感じてみてください。そうすれば引き寄せの法則はあなたが受け取るための完璧な方法を見つけてくれるでしょう。

新しい家、新しい赤ちゃん

「ザ・シークレット」の教えを実践して、私は人生でたくさんのことを実現させました。いくつか例を挙げると、夫、経済的な安定、健康、そして新しい車などです。結婚後、私たち夫婦と六歳になる娘は、夫の地元に移り住みました。私は学業に専念しており、夫が一家の稼ぎ手でした。

最近、私たちは、二人目の子どもを作ることに加えて、初めての家を購入し、結婚生活の次なるステップへと進むことを決意しました。そのための期間が私たちの頭にはありましたが、期限と考えている時期が近付いているにもかかわらず、家も購入していなければ、妊娠検査の陽性反応もありませんでした。

私の夫も、引き寄せの法則の熱心な信者でした。私たちは、お願いし、信じ、受け取ることが正しくできていなかったのだと気付いたのです！

住みたい地域――高嶺《たかね》の花ではありましたが――、欲しい家の具体的な様式、そして私たちが支払うことになる最終的な費用を、絶えずビジュアライズするようにしました。私たちはまた、妊娠と新しい赤ちゃんについてのビジュアライゼーションも始めました。

さらには、オンラインで、赤ちゃんがやってくることになった場合に必要となるあらゆるものについてのベビー・レジストリー（赤ちゃんのための欲しいものリスト）まで作成したのです！

私たちは住むことになる地域を日々散策しました。この場所に住むことを必死で願った結果、二件の物件に申し込むこととなったのですが、どちらもより高い価格で入札されてしまいました。そして、ある夜、いつものようにこの地域を回っていたとき、私たちは発見したのです。それは完璧な立地でした。様式も私たちがビジュアライズした通りのものでした。しかし、価格が高すぎました。私たちは、この家が自分たちのものになることを確信していました。そこで、とにかくオファーを出してみることにしました。申し出た価格は失礼なくらいとても低いものでした。

その翌日に、不動産業者から電話がありました。売り手は私たちのオファーを受けてくれたのです！　私たちはこの知らせを受け、ひどく感激しました。実はこの日の朝、妊娠検査も陽性になっていたのです！

妊娠に先立って作成したベビー・レジストリーは、男の子のためのものでした。私は枕の下に、赤ちゃんの名前と性別、そして目の色を書いた紙を挟んで眠っていました。そしてなんと、私はイメージ通り緑の瞳《ひとみ》をした男の子を出産したのでした。思考の力にはただただ驚くばかりです。

アメリカ　ニューヨーク州　バッファロー　**ヘザー M.**

喜ばしくない何かについて考えはじめ、そのことについて考えれば考えるほど、物事が悪化したように感じられた経験はないでしょうか？　これは、一つの継続的な思考を抱くと、引き寄せの法則が即座により多くの、似通った思考をあなたにもたらすためです。しかし、ありがたいのは、その逆もまた然《しか》りだということです。

もしあなたが、あなたを幸せにしてくれる思考に意識を向けたなら、より幸せな思考を引き寄せることになるでしょう。実は、幸福であることは、あなたが人生で手に入れたいと思うあらゆるものへの近道なのです。今すぐハッピーな気分を味わい、幸せになりましょう！　そうした喜びと幸せの気分を宇宙へ向けて放射することにフォーカスしてください。そうすれば、あなたのもとには、あなたが欲しいものすべてを含む、喜びや幸せをもたらすあらゆるものが返ってくるでしょう。あなたが、幸せな気分を放射すれば、人生における幸せな状況という形で、あなたのもとへそれらを返してくれるのです。

次のお話に登場するダイアナは、心から欲しいものを手にすることをビジュアライズしました。そして、最後には想像した以上の幸せを手に入れることとなるのです。

インスタント・カルマ

初めて「**ザ・シークレット**」を観たとき、まるですでにそのことを知っていたかのように、まさに真実だと感じたものの、私の中で全部が一つにまとまるまでには至りませんでした。

つい最近、ボストンからフェニックスへ向かう夜行便に乗ったときのお話です。私は最前列の良い席のための特別料金を払っていたので、先に搭乗できる乗客の一人でした。一年前の同じフライトで、その列に座る唯一の客だったという、ラッキーすぎる出来事を経験しました。そのおかげでずっと私は身体を伸ばして眠ることができたのです。一日中、私の隣の席は空いていることをビジュアライズしました。そうすればあの時と同じ贅沢《ぜいたく》を味わうことができるからです。頭上に荷物を置こうとしているとき、背後から、年配の女性がフライトアテンダントに、最前列に座ることはできないかと尋ねる声が聞こえてきました。それらの席は余分に料金がかかると説明を受けていましたが、女性は即座に自分は閉所恐怖症なので最前列に座らなければいけないのだと言い返しています。席を移動することはできるが、その分の料金を支払う必要があるなんて、そんなお金はないとトゲトゲしく返す女性に向かって彼らが丁重に説明している間、私は席に落ち着こうとしていました。

残りの乗客も搭乗し、人々が通り過ぎていき、私の列には誰も座らないことに、私の喜びは膨らみました。ビジュアライゼーションの効果は何て素晴らしいんだろうと心の中で何度もつぶやきました。ようやく、離陸準備に入り、キャビンのドアが閉まる前に電子機器の使用をおしまいにするようアテンダントのアナウンスがありました。私は願望が叶《かな》えられたことを知り満足でしたが、脳裏にはあの年配の女性のことがずっとちらついていました。

後ろに座って、閉じ込められたような思いをしながら過ごすのは、彼女にとってどんなに居心地の悪いことだろうかと私は考えました。彼女がつらい思いをしていることを考えると、この広い空間を楽しむことはとうていできませんでした。私は立ち上がって、女性と話をしていたアテンダントのもとに向かいました。そして、あの閉所恐怖症の女性が私の列に移動するための料金を私が代わりに支払うこと、でも私がお金を払ったことを女性には内緒にしてほしいということを説明しました。

数分後、さっきの女性が私の列まで案内され、席につきました。私たちは短い言葉を交わしただけでしたが、彼女はとても幸せそうに見えました。そのことは私の心をこれまでの睡眠よりもさらに大きな喜びで満たしてくれたのです。

フライトも終わりに近づき、食事や飲み物代のクレジット精算のためにアテンダントがみんなの席を回っていました。自分の番が来るのを待っていましたが、私は忘れられているようでした。ようやくアテンダントは私のいる通路側の席までやってきて、私のそばにかがみ込みました。私がクレジットカードを彼女に向けて差し出すと、彼女はカードを受け取りませんでした。とても穏やかな口調で、彼女は、クルー全員を代表して感謝したいと言いました。私がしたことは、彼らがこれまでフライト中に経験したことの中で最も素敵な行動で、みんなが刺激を受けたのだと彼女は続けました。そして最後に彼女は、私が女性のために支払った料金を請求しないだけでなく、私の食事と飲み物代も彼らが持ちたいと伝えてきたのです。

私は非常に光栄な思いで、言葉にならないほどの愛にあふれているのを感じました。「ありがとう！」私はそう囁《ささや》き返しました。それは本当に愛情あふれる素晴らしい体験でした。ただ、思いやりのある行動を申し出るだけでこんなにも多くの喜びが波及していくことに驚かされました。

アメリカ　アリゾナ州　フェニックス　**ダイアナ R.**

幸せな思考を抱き、今すぐ幸せになりましょう！

私たちのほとんどが、幸せについて誤った認識を持っています。欲しいものがすべて手に入ったり、人生が常にうまく行ったりすれば、幸せになることができると私たちは信じているのです。

その観念のせいで、たった今幸せになれないことへの、あらゆる言い訳をこの世界に創造してしまうのです。「仕事が見つかったら、昇進したら、この仕事を辞めたら、試験に合格したら、大学に入ったら、大学を辞めたら、減量したら、体重が増えたら、家を買ったら、家を売ったら、借金がなくなったら、ストレスがなくなったら、この関係をおしまいにしたら、新しい関係が築けたら、家庭を持ったら、健康になったら、幸せになるよ」

しかし、幸せに関する最大の事実は、それらの言い訳こそが、毎日毎日たとえあなたの人生に何が起こっていようと、手にすることができる本来の幸せを覆い隠してしまうものだということです。それらの言い訳こそが、今あなたが幸せになることを妨げているものなのです。あなたが幸せになることを妨げているのは、人生の境遇ではありません。幸せにならないようにあなたがしている言い訳なのです！　類は友を呼びます。幸せは幸せを引き寄せます。ですから、言い訳を捨ててください。言い訳は残らず捨てて、今幸せになるのです！

幸せの力

私は、自分が知る限り最も不幸な人間の一人でした。その時は自覚していませんでしたが、不幸が私にとってのライフスタイルだったのです。そして、四〇年以上にわたる悲惨を極めた人生を経て、突如すべてが変わりました。一番素晴らしいのは、それはとても簡単なことだったということです。人生で、たった一つのことを変えるだけでよかったのです。私は、深刻なうつでお酒に溺《おぼ》れる無職のシングルマザーから、独立系の出版社を経営するまでに変わることができたのです！

初めて死のうとしたときのことを覚えています。私は心の痛みでいっぱいになりながら、バスルームに駆け込みました。そして、薬箱を開けて目に付いた処方薬をすべて取り出すと、それを残らず飲み込みました。私はただ死にたかったのです。「自殺」という言葉の意味さえよくわかっていなかったように思います。なぜなら、その時の私はまだ九歳だったからです。ただ、この薬で死ぬことができるということはわかっていました。そして、私は死ぬことを望んでいました。薬、リストカット、自絞と、長年にわたって幾度も同じ経験をすることになりますが、その時が初めての自殺未遂でした。一〇代の頃は一度だけ銃を自分の頭に突き付けたこともあります。しかし両親が早く帰宅したため、私は銃を親のナイトテーブルの中に戻し、自分の寝室に駆け込んだのでした。二〇代になると、アルコールに頼りはじめました。絶えず住所を変えながら、仕事を転々とし、恋愛を繰り返しました。経済的に不自由しない生活から無職になり、差し押さえによって家を失うところまで経験しました。しょっちゅう欠勤しなければならないほどの酷い腰痛から、乳がんまで経験したのです。

そうしたことも懐かしく感じます。

そして二年前、私はついに、心理小説の作家となる夢を追う決心をし、それを実行に移したのです。私の本にすべての力を注ぎました。売れ行きも上々でした。そんなある日、パソコンの前に座り六作目の本を仕上げる準備をしようとしたとき、私は嫌になってしまいました。疲れ果て、消耗していて、惨めな気持ちでした。作家になるという夢の実現のために一生懸命働いていたのに、今や私は再び感情のどん底へと戻ってしまったのでした。信じられませんでした。「ほら来た」と私は思いました。そして、最も深いうつ状態に陥ってしまったのです。私はただひたすら眠り、お酒を飲みました。何の感覚もありませんでした。できるだけ社会と関わるようにしましたが、同時に、社会から隔絶されたかのように感じました。二児の母親でしたから、自分の命を絶つことは許されません。ですから私は、愛する人たちに向かって彼らが聞きたいことを言いながら、ただ人生を必死でもがきながら生きるしかありませんでした。なぜなら、この状況の奥に隠された真実を理解してさえいなかったからです。

引き寄せの法則は何年も学びつづけていましたが、何かが欠けており、それが何なのか私にはわかりませんでした。数週間後、作家の仕事は私を幸せにすることではないのかもしれない、と思い至りました。この言葉を何度も繰り返しました。そのうち、それが「私を幸せにする、私を幸せにする」と短くなっていきました。私は、「**ザ・シークレット**」を数え切れないほど観て、読んで、そして聴いてきたことを振り返り、その中でロンダ・バーンが「いい気分にならなくてはいけません」と言うのを思い出しました。

その時、こう思ったのです。もしこれまで追いかけていたすべてのものから私が得たかったのは、そのもの自体ではなく、幸せになるということ、いい気分になるということだったとしたら？　これは何を意味するんだろう？

私は幸せになる方法を一度も学んだことがなかったことに気が付きました。もちろん、幸せな瞬間はこれまでにもありました。しかし、幸福については、違います。私はずっと幸せを追い求めてきたのに、そのことに気付いてさえいなかったのです。ですから、その瞬間、私はどうすれば幸せになれるかを学ばなくてはいけない、そしてそれを教えてくれるのは自分自身しかいないのだと悟ったのです。

私は、本当に自分を幸せにしてくれる一〇個のものを書き出したリストを作り、毎日の生活に組み入れるようにしました。しかし、生活が邪魔をしてそれらをすることはできませんでした。それでも、毎朝リストを眺め、心の中だけではありますが、それらのことに思いを巡らせました。

そして、何が起きたと思いますか？　私は幸せを感じはじめたのです。毎朝がその気持ちで始まり、私個人を幸せにしてくれる事柄に積極的に思考を向けさせてくれました。そして、それはついに私に自分の幸福は何であるかを教えてくれたのでした。いったん心と身体にどうすれば幸せになるか教えると、さらに幸せな出来事が実現しはじめました。幸せを感じたために、自然と、より幸せな出来事が私の人生に現れたのです。

昔に戻って、九歳の自分にこう言ってあげられたらいいのにと思います。「痛みをなくすために そんな薬を飲む必要はない。あなたはつらい気持ちをなくすことができる。ハッピーリストを作るだけで大丈夫なんだよ。大丈夫なんてものじゃない、素晴らしいことが起きるよ」

でも過去に戻ることはできません。私が今できることは、四〇年以上も不幸だった私が、自分の幸せを積極的に創造し、あとは引き寄せの法則に委《ゆだ》ねただけで、すべてが変わったという自分の体験を他の人たちとシェアすることだけです。もし、私が体験してきたあらゆることは、このメッセージを世界中の人たちと共有するためだったのだとしたら、どれも無駄ではなかったと思います。

アメリカ　カリフォルニア州　チーコ　ハイディT.

今、幸せになりましょう。今、いい気分になりましょう。あなたがしなくてはならないのはそれだけです。もしそれが、あなたがこの本を読んで得る唯一のものならば、あなたは「**ザ・シークレット**」の偉大な真実を受け取ったということです。

私たちは自分の望みが何であれ、それを自由に選べます。あなたにはパワーがあり、そのパワーを人生でどう使うかはあなた次第なのです。あなたは選ぶことができるのです。

つまり、例えば、

今日を素晴らしい一日にするか、それを明日まで延期するのか。

どちらが心地良いですか？　それを選ぶのはあなたです。

ザ・シークレット　日々の教え

幸せへの鍵

幸せな思考を一つずつ抱いていくことで、あなたの人生は変わります。

- すべての意識を、あなたを幸せにする思考に向け、あなたを嫌な気分にさせる思考は無視しましょう。
- ポジティブな思考を抱けば抱くほど、あなたはより幸せになります。
- あなたが幸せでいるとき、あなたは幸せな人たちや幸せな境遇を引き寄せます。
- あなたが幸せになることを妨げているのは、人生の境遇ではなく、幸せにならないように、あなたがしている言い訳です。
- 過去のどんな不幸な出来事についても考えるのをやめましょう。あなたが、過去の困難に意識を向けると、現在のあなたのもとにさらなる困難を持ち込むことになります。
- ネガティブな思考を信じることが、人類の不幸の最も大きな原因です。
- あなた自身をポジティブな思考と気分で満たしましょう。ポジティビティーが存在するところで、同時にネガティビティーが存在することはできないからです。

- ネガティブな思考を変えるために、シークレット・シフターを使いましょう。
- 幸せになるためには、何か感謝できるところはないか探しましょう。
- 絶望的な状況などというものは存在しません。
- 今日幸せになる練習をしましょう。あなたの未来はそれにかかっています。
- 素晴らしい人生への近道は、今幸せを感じて今幸せになることです！

お金が幸せをもたらすのではありません。
幸せがお金をもたらすのです。

ザ・シークレット 日々の教え

第3章　富を得るために「ザ・シークレット」をどう使ったか

より多くのお金を引き寄せるためには、豊かさにフォーカスしましょう

お金が必要だという感情は強いものです。ですから当然、引き寄せの法則を使って、お金を引き寄せなければならないという状態はいつまでも続くことになります。あなたがその状態を変えるためには、お金が足りないという思考を、お金は十分にあるという思考に転換させる必要があります。不足よりも豊かさの思考を多く持ちましょう。そうすればあなたは状況を変えることができます。

お金はカンタンに、そしてしょっちゅう入ってくる！

私は、学費がおよそ四万ドルもするというとても高額な私立大学に通っています。しかも、食費と生活費は含まれていません。しかし、私はそれほど豊かではない家

庭の出身で、両親からの援助は受けていないために、すべて自分で支払わなければなりません。大学で翌年度の奨学金の支給額が貼りだされる日、私は朝起きながらこう言いました。「今日は最高の一日になる。お金はしょっちゅう、しかもカンタンにやってくる」。しかし、支給額が貼りだされたとき、私の分はたった五〇〇〇ドルくらいでした。私は最低賃金でアルバイトをしており、どう考えても大学に支払うために必要な残りの三万五〇〇〇ドルをまかなうことはできません。

私は『**ザ・シークレット**』を読んでいたので、神様と宇宙に対して、学費を払ってくれることに感謝しました。フェイスブックのページをチェックすると、「さよなら、学校」「私の教育はここでおしまい」「こんなのアタマに来る！」など、奨学金に関するネガティブなコメントがあふれていました。

私は微笑んでこう思いました。「いずれにせよ私は全額受けられる！」

その日の午後、奨学金事務局を訪ねると、奨学金の支給額を見直してもらえるようにメールを出すことができると伝えられました。しかし、回答をもらうまでには少なくとも一週間はかかるとのことでした。

残りの午後の時間を使って、私が勉強し、実習している美術に関係する奨学金と補助金について、いろいろな人に問い合わせました。しかし、大学や奨学金の額についてネガティブなことは一言も言いませんでした。ただ、笑顔で、「お金はカンタンに、そしてしょっちゅう入ってくる」と繰り返し唱えながら、みんなに助言を求め、感謝と愛を感じ、神様に学費を払う手助けをしてくれるよう祈りました。

家に着くと、奨学金事務局へメールを書きはじめました。私は支給額がぴったり五〇〇〇ドルだったのか再確認しようと思いました。なぜならひょっとするとほんの少し――五一五〇ドルとか五二〇〇ドルとか――多いかもしれないと思ったからです。パソコンで支給額を見たとき、何が起きたか、あなたは決して想像できないでしょう。その日の始めには「最終決定額」と指定されていたにもかかわらず、どういうわけか変更されていたのです。なんと、翌年度分すべてをカバーできるだけの額でした！　大学にかかるお金を一切払う必要がないばかりか、アパートの家賃を払うお金まで手に入ったのです。

「**ザ・シークレット**」は以前にも使いましたが、これまではそれと同時に、どう頑張って働こうか、良い成績を収めようかと考えていました。しかし、相変わらずいつもお金がありませんでした。今、自分は何でもできて、欲しいものは何でも手に入れるのに値する優れた人間だと、私は考えています。こうなると、誰もが信じてしまうはずです！

アメリカ　カリフォルニア州　サンフランシスコ　**チェルシア**

豊かさを信じられるように小道具を使いましょう

小道具を使うことはお願いしたものを受け取っているのだと信じる手助けをしてくれます。第1章で登場したエニーが宇宙銀行の小切手を使ったことを語ってくれたことをあなたも覚えていることでしょう。これも、あなたが信じるのを助けるために「**ザ・シークレット**」のチームが作成した小道具の一つです。あなたも宇宙銀行からの白地小切手をwww.thesecret.tv/checkから無料でダウンロードすることができます。宇宙銀行にはあなたが引き出すために無限の資金があります。ですから、小切手にはあなたの名前とあなたが欲しいだけの金額を書き込んで良いのです。目立つところに貼って、毎日眺めてください。そうすれば今現在そのお金を持っていると実際に信じることができます。そのお金をあらゆるあなたが欲しいものに使うことをイメージしましょう。そしてどれほど気分がいいか感じましょう！　それはあなたのものだと理解しましょう。なぜならば、あなたがお願いをし、信じたとき、それはあなたのものになるからです。

引き寄せの法則は、あなたがそのふりをしているのか、あるいはそれが本当なのかを区別できません。ですから、あなたが何かのふりをしている時は、それがまるで本当であるかのように感じる必要があります。望むものが叶ったふりをして、それを本当だと感じ始めると、あなたは自分が望むものをうまく現実にもたらしつつあることに気づくでしょう。

ザ・シークレット　日々の教え

あなた自身の小切手を書きましょう

私は、「**ザ・シークレット**」の映画を初めて観た瞬間からこれを信じており、できる限り多くの人たちとシェアしています。「**ザ・シークレット**」はまさに私の人生を変えました。婚約者と破局し、破産宣告を受ける一歩手前になり、実家に戻ったあと、私の人生は終わったと思いました。「**ザ・シークレット**」――特に、ウェブサイトからダウンロードしプリントアウトできる空欄の小切手――がそのすべてを変えてくれたのです。

私は新月の日に書く「豊かさの小切手」を何年にもわたって書きつづけており、どれだけ信じるかによって、効果が出たり出なかったりしていました。ですから

「ザ・シークレット」を観て宇宙銀行からの小切手のことを知った私は、印刷して活用することにしました。

小切手には、私にとって受け取るのを想像することもほとんど不可能な額である五万五〇〇〇ドルと書き込みました。なぜこの金額を書き込んだのか自分でもわかりませんでしたが、そうしたのです。そしてそれを毎晩寝る前と毎朝目が覚めたとき目に入る場所である、子ども時代の寝室の壁に掛けられたコルクボードに留めました。

お金がやってくる感覚を生き生きと感じられる日もあれば、自分のことをあざわらってしまう日もありました（そのために、長い時間がかかってしまったのだと思います）。

私の人生はこれ以上悪くならないだろうと思った頃（仕事を失い、母親は危篤状態になり、かつての婚約者との関係は行き詰って絶望的でした）、家族から、私が五万ドルを遺産として受け取ることになると知らせる手紙を受け取ったのでした。

私は正直なところ、もし努力をしていたとしても、これだけのお金を作ることはできなかっただろうと思います。この知らせを聞いたとき、心臓全体が膨れ上がって破裂するかと思いました。このお金は借金を返済し、運用し、再び学校に通うのに十分なお金でした。私のリストにある次の願いは、ビジネス構築のための収益をもたらす不動産を購入することです。

カナダ　オンタリオ州　オタワ　**ミセス・アバンダント**

豊かさのためにビジョンボードを作りましょう

ビジョンボードはあなたが欲しいものをイメージするのに役立ちます。あなたはビジョンボードを見るたびに、欲しいものの画像を心に刻みます。ビジョンボードを見るたびに五感が刺激され、気持ちが前向きになります。そうすると、創造のための思考と感情という二つの要素が最大限に働くのです。

ザ・シークレット　日々の教え

次のお話の中でナタリーは、人生で手に入れたいものにフォーカスできるように、ビジョンボードを使いました。彼女がビジョンボードに掲げたものの中の一つが、宇宙銀行からの小切手でした。あなたがこれから目にするように、宇宙銀行は彼女がお願いした通りのお金を与えてくれました。たとえ、その時の彼女はそれがどういうことなのかまったく理解できていなかったとしても。

日付は確認しましょうね

私が初めて「**ザ・シークレット**」のことを知ったのは二〇〇九年、私がイラクに派遣されていたときでした。私はウェブサイトから本をダウンロードできるよう、Kindle（キンドル）を注文しました。本は二日で読み終えました。すぐに、心の中で灯《あか》りがともったようでした。私は答えをくれるよう神様に祈ってきました。なぜならば神は純粋な愛であり、豊かな暮らしを送ることを望まれていると信じていたからです。しかし、まったくうまく行かないように感じられました。私には足りない何かがあり、神様が私にそれを啓示してくれることを祈りました。

初めは、小さなものを引き寄せました。それからだんだんと収入の良い民間の仕事や、三回の大きな昇給、そして愛する人との出会いのように、大きなものを引き寄せるようになりました。引き寄せに馴染《なじ》んできた私は自分が手に入れることを現実的に想像できるくらいの大金を、宇宙にお願いすることにしました。腰を落ち着け、声に出して尋ねました。「私が本当に欲しいお金はいくらでしょうか？」しばらくの間、黙って腰をおろしていると、頭の中に数字が浮かびました。それが、私が尋ねた金額だとわかりました。二〇一〇年の新年に、その年に引き寄せたいものを集めたビジョンボードを作りました。私はウェブサイトから小切手をダウンロードし、空欄を埋めました。一二月三一日までに、大金以外、ビジョンボードに掲げたものすべてを引き寄せることができました。小切手を翌年用のビジョンボードに移し替え、イメージの中でショッピングをし、あらゆるお金の使い道を考え、いかに私の周りの人たちを助けるかについて思いを巡らせました。このパターンは二〇一一年も続きました。お金以外のものはすべて引き寄せることができるのです。

二〇一二年も終わりに近づき、また新しい年を迎えようとしていました。私はビジョンボードを見直しました。またしても、大金以外のものはほぼ全部引き寄せていました。私は心の中で考えました。「宇宙は、受け取る準備ができたときに与えてくれるのだ」私はアファメーションを唱えつづけ、瞑想《めいそう》をし、**「ザ・シークレット」**のサイトに掲載された体験談を読みつづけました。

さて、これでやっと、今年の年末には、ビジョンボードにある「すべて」のものが実現すると言うことができます。なぜなら、とても大きな額のお金を含めて、初めて「一つ残らず」引き寄せることができたからです。これは完全に想定外でした。初め、何かの冗談かと思いましたが、そうではありませんでした。私は気持ちを切り替えようと決め、二〇一三年用のビジョンボードに取りかかりました。そして古い小切手に目をやったとき、小切手に書き入れた日付が二〇一二年の一二月三一日となっていたことに初めて気付いたのです！

おそらく書き間違えたか何かでしょう。しかし宇宙は、私の間違いにさえ、従ってくれたのです。私の「間違い」は、神々しい程にうまく調整されたものだったことがわかります。なぜなら、最初に願った時点でお金が手に入っていたら、私は支払い責任を負えず散財してしまったはずだからです。それ以降、私は金銭面の管理ができるようになり、受け取るのによりふさわしい状態になっていたのです。

お願いし、信じ、受け取る。宇宙はいつも耳を傾け、そして与えてくれます。幸せになりましょう。私は今幸せです。

アメリカ　ジョージア州　サバナ　**ナタリー F.**

受け取るためには、感謝しましょう

あなたが宇宙にお願いするとき――お金であろうと、他のものであろうと――すでに手に入れていると信じなければなりません。つまりそれは、今それを持っていることに感謝する必要があるということを意味します。言い換えるならば、受け取る前に感謝しなさいということです。

あなたがネガティブな状態に対して感謝のパワーを向けるとき、「新たな」状態が創造され、ネガティブな状態は取り除かれるのです。このことは、たとえまだ十分なお金がないとしても、お金に感謝できる状態になれば、新たな状態が創造されてお金の不足は取り除かれ、より多くのお金にとって代わるということを意味します。

信じられないサプライズ

二〇〇七年の一二月、私は、私たちが所有するＮＰＯ法人のためにビルを購入してほしいと理事会に働きかけ説得しました。見つかったビルはたくさんの改修が必要な上に、新たなローンも組まなくてはならず、私たちは神経質になっていました。しかし私たちは信頼と信念をもって前に進みました。

クリスマスの旅行中、妻と私は自動車事故に遭遇し、自宅から遠く離れた場所で車を駄目にしてしまいました。過去数カ月の間、何人もの友人たちが、私に『**ザ・**

シークレット』を読むように勧めていました。事故のあと私たちは、変えなければならない何かがあり、それが事故を引き寄せていたのだと思いはじめました。そこで、「**ザ・シークレット**」のオーディオブックを購入し、旅からの帰り道に聴くことにしました。私は感謝日記という概念にいたく感銘を受け、それぞれのために一冊ずつ日記帳を買いました。二〇〇八年の一月一日、最初のページに今現在持っているものへの感謝を書き出し、その反対側のページに「感謝の意」と見出しをつけました。そこに「二〇〇八年三月三一日に、私たちの団体が新しい建物のために受け取った七万五〇〇〇ドルへ心から感謝しています」と書きました。これは一月一日なので、まだ受け取っていないお金への感謝を現在形で述べるよう注意しました。

二〇〇八年の三月一五日に、新しいビルの計画を耳にした地元の財団から連絡がありました。財団は支援を希望しており、詳しい話し合いをするために、三月二五日に役員たちとの打ち合わせを手配してほしいと伝えてきました。この財団からの援助は一切求めていない、むしろ向こうが求めてきたのだ、ということを頭に置いて、私たちは三月二五日に会いました。そこで財団に私たちの新しいビルのローンの返済を肩代わりしたいとの書面を提示されたのです。そうすれば私たちは資金集めに注力できるとのことでした。さらに驚いたことに、彼らは二回に分けて支払いをしてくれたのです。事業年度の最終日である三月三一日に七万五〇〇〇ドル、残りを四月一日、新しい事業年度の初日に支払ってくれたのです！

アメリカ　コロラド州　プエブロ　**ゼイン**

今持っているものに感謝しなければ、何も叶えることはできません。実際、もし誰かがあらゆるものに心から感謝すると、その人は何もお願いする必要はないのです。なぜなら、お願いする前に既に願いが実現しているからです。

ザ・シークレット　日々の教え

金のなる木はないと言いますが、心から感謝したとき、思いがけない方法でお金はやってきます。それは宇宙からの贈り物です。

天国からのお金

私とボーイフレンドはミッドタウン中心部にある高層マンションに住んでいます。『**ザ・シークレット**』を読んでから、毎朝起きるとバルコニーに立って、私たちが持っているものすべてに感謝の言葉を述べるのが習慣になっていました。

ある朝、目が覚めて、バルコニーに一ペニーを発見しました。私はそのままにしておくことにしました。数カ月後、起きてバルコニー中に広がる複数の一ドル札――全部で七枚ありました――を見つけました。辺りを見回すと、他の多くの人たちのバルコニーにもお札が落ちていることがわかりました。

一カ月後、外がまだ暗いうちにとても早起きした私は、バルコニーに二枚のお札のようなものが落ちているのに気が付きました。暗がりで、額面がわからなかったので部屋の中に持ち込みました。なんと、それは二枚の二〇ドル札でした！　ワオ！　私はすごく興奮して、他にもバルコニーにお金があった人がいたのか確かめるために外に戻りました。彼らのところにお金はありませんでした。しかし、私が見回すと、プランターの中にあった一枚も含めて、さらに三枚の二〇ドル札が見つかったのです！　私は朝起きて早々一〇〇ドルを手に入れてしまい、心底驚きました。他の誰もお金を受け取らず、他の誰もお金をなくしていないのです。なんという恵みでしょう！

一週間後、特定の数字が浮かびつづける夢を見ました。私はギャンブルもしませんでしたし、宝くじを買うこともなかったのですが、ボーイフレンドに、この三つの数字で宝くじを買わなければと言いました。おかしな発言ですよね！　私の数字はその日のうちには当たりませんでしたが、彼はその後数日間、その数字で宝くじを買いつづけてくれました。そして、そう、もうおわかりかと思いますが、この数字の組合せがストレートで当選したのです。私の頭に浮かんだ通りでした！　私は実に二九〇ドルも手に入れたのでした。

そのあと、私が何も知らずにいた集団訴訟でお金が入ってくることを知らせる通知書が郵送されてきました。ただ受け取るのを待つだけで何もする必要はないのです。

間違いなく、**「ザ・シークレット」**は効果があります。感謝は絶対に欠かせない部分です。

日々どんな時も、さらに多くのものがやってくることを期待しています。

みなさんにご加護を！

アメリカ　ジョージア州　**パット**

欲しいもののすべてを手に入れることをイメージしましょう

お金をもっと引き寄せたければ、そのお金で買いたい物のリストを作りましょう。欲しい物の絵や写真を自分の周りに置いたり、貼ったりして、今それらが既にそこにあるような気分になるのです。
それを愛する人と分かち合って、彼らも幸せな気分になっている場面を想像しましょう。

ザ・シークレット　日々の教え

あなたが欲しいものを手に入れるにはお金しか手段がないと考え、人生に制限を設けないでください。お金を唯一のターゲットにするのではなく、なりたいもの、したいこと、手に入れたいものをターゲットにするのです。もし新しい家が欲しいのなら、そこに住んでいることをイメージし、その喜びを感じてください。もし美しい服、電化製品、車が欲しいのなら、もし大学に行きたいのなら、もし他の国を訪れたいのなら——それをイメージするのです！　それらすべてが、あらゆる経路からあなたのもとへとやってくるでしょう。

「ザ・シークレット」はどうやって（文字通り）私たちを動かしたのか

私の家族は前の家に一四年間も住んでいました。そこでの私たちはまったく幸せではありませんでした。修繕を必要とする場所がたくさんありましたが、そのためのお金はありませんでした。一番の問題は、私たちみんなをとても惨めな気持ちにさせる隣人から離れたかったのです。それは悪い状況で、完全にネガティブな環境でした。私は家にいるよりも仕事に行っていた方がましなくらいでした。うつうつとしてブラックホールの中にいるように感じました。ほぼ一四年間、私たちは、自分たち自身に向かって「もう引っ越すことはできないだろう」「この家を買いたいと思う人なんて現れないはず」「引っ越すお金がない」と言いつづけていました。私たちは宇宙の「あなたの、お望みの通りにしてあげます」という原則を知りませんでしたから、このようなネガティブな考え方によって自分たち自身を引きとめていたのでした。

私たちが目を付けていた家がありました。最初に売りに出された時点では、お金の面で私たちの守備範囲を大きく外れていました。しかし、私たちはその家をどうしても欲しいと願っていました。夫は一番決意が固く、家を指さしながら「あの家が俺たちの家だ」と言っていました。

私たちはみな「**ザ・シークレット**」を観て、人生をすっかり好転させたのです。家族四人全員が共に「**ザ・シークレット**」の力を使いました。今や私たちは、手に入れることを夢見た家に暮らすことを正しくビジュアライズするための手段を手に入れました。新しい家具をどこに置くのか、家の中から窓の外を眺め、どう装飾するのか、台所で食事の準備をし、その匂いを吸い込み、テラスで穏やかな気持ちで座り、庭造りをし、新しい隣人へ手を振ることを思い描きました。感覚を味わったのです。私たちはすでにそこで暮らしていると信じていました。

そして五週間後には、私たちは本当にその家に住んでいたのです。私たちは家を「現状通りで」売りに出し、二日間で、望んだものに近い価格でのオファーを受け取りました。私たちが欲しかった家は一八カ月売りに出されており、価格が急激に下落したのです。問題なく急いでローンを組み、家具を買うことのできるたくさんのお金が手元に残りました。今では、仕事から帰るのが待ち遠しくて仕方ありません。お昼を食べに家へ帰ってくる程です。毎日神様に感謝し、そこでの暮らしを一秒一秒楽しんでいます。私たちは全員とても幸せです！

アメリカ　ペンシルバニア州　プリマス　**ジーナ**

ジーナとその家族はビジュアライゼーションをするときにとても強力なことを行ないました。彼らは、あらゆる感覚を使ったのです。憧《あこが》れの家を単に目に浮かべるだけではなく、感じて、そして匂いを嗅《か》ぐことさえしたのです！　ビジュアライゼーションにより多くの感覚を使えば使うほど、イメージしていることをより信じることができるようになります。そして現実化が加速するのです。

ネガティブナンシーはもういない

私はいつも物事の現実をありのままに見ようとしていましたが、ずっと「ネガティブナンシー（いつもネガティブな人）」といった感じでした。いつも物事の両面を見てはいましたが、「出来過ぎた話だ」と考えてしまい、いつもネガティブな方に傾くのです。

私は小さい頃から、学校の教科書に載せられた古代遺跡や寺院、歴史的建造物を眺めては、こうした場所を自分の目で見ることができたらどんなに素晴らしいかと考えていました。

その後の私は、学校やら事務仕事やらで、くたびれ、疲れはてていました。私は思いました。「人生で手に入るものってこんなものなの？　仕切られた部屋に一日中座って、電話とコンピュータの相手をして」

私は外に出るとベンチに座り、世界を旅することを夢想して小旅行を楽しみました。心の中では、それは何らかの形で実現すると思っており、異国情緒あふれる場所で働き、世界を股《また》にかける自分の姿を思い描いていました。その頃は私の願いが叶うことは知る由もありませんでした。『**ザ・シークレット**』を読みはじめた私は、学んだことを少しずつ実践するようになりました。

私は結局仕事を辞めましたが、数カ月後になってだんだんと気落ちしてきました。世界を旅するような仕事がどこにもなかったからです。そんなある日、同じく無職だった友だちが、彼女の元同僚がオファーしてきたという仕事について教えてくれました。その仕事とは、さまざまなクルーズ船に乗って航海し、金持ち相手の私的なファッションショーを行ない、高級ジュエリーを販売するというものでした。彼女が話し終わるや否や、私は言いました。「それこそ私の理想の仕事だわ！」

一カ月後、私は世界中をクルーズしていました。人々が多くのお金を払わなくてはいけない中、私はタダでそれをしていました。全部仕事として、客室に滞在して乗客と交流し、高価な宝石を身に着けたのです！　入港したあとはいつも休暇をとることができ、中南米、カリブ海や地中海の各地を旅することができました。私はついに何年も前に教科書の中で出会った歴史的建造物の数々をこの目で見る機会を手に入れたのです。エジプトのピラミッドまで見ることができたんですよ！

何が本当に私を**「ザ・シークレット」**の信者にしたかといえば、その時のエジプトへのクルーズで、特定の額のお金を稼げるよう宇宙にお願いをしたのです。私は、半端な数字で、なおかつ覚えやすい数字にしたいと思いました。マジックナンバーは「五四三二ドル」に決めました。毎晩、そして毎日、私はこの数字のことを考え、この額の小切手が私に手渡される場面を思い描きました。そして、この航海での私の歩合給は、五四〇〇ドルだったのです。それ以来、私は一〇〇パーセント**「ザ・シークレット」**を信じています。

アメリカ　フロリダ州　フォートローダーデール　**アンジー**

あなたの行動が、あなたの望みと調和しているかどうか確認しましょう

あなたが人生で何かを引き寄せたいと思うとき、行動があなたの望みと矛盾していないか確認しましょう。あなたがお願いしたものについて考えてみてください。そして、あなたの行動が、あなたが受け取ろうとしているものを反映しているかどうか確認してください。望んだものを受け取るスペースを設けることは、期待というパワフルな信号を送るための一つの方法です。

家の売り方

ボーイフレンドのところへ引っ越してきたとき、私は自分のアパートを貸し出しました。入居者が立ち退くと、そろそろ売る頃だと思いました。購入して以来、かなり価格が上昇していました。ボーイフレンドも、私のアパートを売りに出すことに賛成し、彼のアパートを二人の名義へ書き換えることに同意してくれました。

最初のうちは、すぐに売れると確信していました。私はその年の初めから「**ザ・シークレット**」を実践しており、十分にそう望めば実現すると思っていました。何週間か過ぎましたが、アパートは未《いま》だ売れませんでした。私はインスピレーションを得たいと思って「**ザ・シークレット**」のウェブサイトを訪れました。そこでピンときたのです。私の行動は、願望を反映したものではありませんでした。私はアパートを売りたいと考えていましたが、実際は実現させるための行動を何もしていなかったのです！　入居者が退去したあと、アパートに出向きもしませんでした。なぜなら私はそこをお荷物だと感じはじめていたからです。当然、お荷物である状態が実現されていたのです。このことに気付いた私はアパートに行き、買い手にとって魅力的かどうかを確認しました。そして、他の不動産業者数名と会って、適正な価格が提示されているかどうかを確かめました。

ウェブサイトで私が見つけた素晴らしいコツの一つは、家に関する大好きなことすべてについて考え、感謝し、新しい買い手がそこで幸せに暮らす様子をイメージするというものでした。そのことを読んだあと、私はアパートの中で腰をおろし、幸せな思い出について、全部の部屋に感謝し、どうして売りに出すのか説明しました。そして、現れた買い手がそこで暮らすことを心から喜んでいるビジョンを、ありありと心に思い浮かべました。

参考になったもう一つのテクニックは、鍵《かぎ》を手に握りしめ、新しい買い手にそれを手渡す様子を思い描くことでした。それから私は鍵をしまいながら「この取引に感謝します」と言い、アパートを手放すこと、そしてすでにそれが売れたことを感じました。

それらを実践しはじめて数週間のうちに、市場が非常に低迷しているにもかかわらず、入札がありました。そして、期待していた以上の価格で売却することができたのです。

オファーを受けるとすぐに、私は思いました。「動かす手間が省けるから、買い手の人に、家具まで買い取ってもらいたい」そして、どうでしょう。買い手はその通りにしてくれたのです！

ボーイフレンドも今では私の夫です。そして現在、別の住宅に移るために私たちのアパートを売りに出しているところです。なぜなら、おなかには私たちの赤ちゃんがいるからです。

どれも**「ザ・シークレット」**の原理を使って引き寄せたものです！

イギリス　ロンドン　レベッカ

次のお話でも、誰も来ないかもしれないコンサートを開くことになったバンドのメンバーが、望みを強化するような行動をとっています。

空いた椅子

私はケルト音楽のバンドに所属していました。バンドはだんだんと有名になってきましたが、このイベントの時点では、無名でした。私たちはとても小さな町で、慈善コンサートを開催することになりました。いつか共演したいと思っていた他のバンドと共同での開催でしたが、私たちは誰も来ないのではないかとビクビクしていました。過去にもそこで演奏したことがあったのですが、その時はたった四人

（最大で）しか現れなかったのです。さらには、同じ夜に同じ地域でいくつかの大きなイベントがありました。私たちはこのコンサートを開催するためにお金をかけていましたし、消防署への募金のためと宣伝していました。ですから、多くのことがかかっていたのです。

一週間前、チケットは六枚しか売れていませんでした。私の脳裏に絶えず浮かんでいたのはわずかばかりの観客でした。私は今すぐに思考を変える必要がありました。私は、人が来ることを「信じる」力を祈りました。早速私の頭に、――すでに他のバンドのメンバーがあちこちにポスターを貼ってはいましたが――その小さな町に出向いてもっとたくさんのポスターを貼ってくるというアイデアが浮かびました。そこで雨模様の朝、町まで車を飛ばし、追加のポスターを貼りました。しかしもっと大事なことは、その場所に、人々がやってくると信じる私の前向きな気持ちを注ぎ込んだのです。

コンサートの日になっても、売れたチケットは未だに六枚でした。私たちは九六個の椅子を用意しました。バンド仲間はどうやって空いている椅子に向かって演奏するんだと笑いましたが、私は微笑んで「椅子はもっと必要になるわよ」と言いました。本当にそう信じていたのです。

そして、コンサートの一時間前になって、お客さんが押し寄せはじめました。九六個の席が埋まり、立ち見する人たちも出るほどでした。私たちは最高の演奏をして、お金を消防署に寄付することができたのです。本当に魔法のようでした！

キャシー
アメリカ　カリフォルニア州　サンフランシスコ

あなたが宇宙から受け取るように振る舞うとき、流れに乗って進んでいることを感じることでしょう。苦労を要せず、楽に感じられるはずです。これがインスパイアード・アクション（インスピレーションに基づく行動）の感覚であり、宇宙と人生の流れの中にいる感覚です。

良い考えを抱きましょう。

良い言葉を発しましょう。

良い振る舞いをしましょう。

この三つのステップによって、想像以上のものがもたらされます。

ザ・シークレット　日々の教え

富への鍵

- 不足に焦点を当てることで望むものを人生に引き寄せることはできません。より多くのお金を引き寄せるためには、豊かさに焦点を当てましょう。
- お金が不足しているという考えから、お金は十分にあるという考えへ、思考を変化させましょう。
- そのお金で買うもののリストを作りましょう。
- 欲しいものにお金を使う様子をイメージしてみましょう。そして、こう言ってみてください。「私はそれを買うことができる」。
- お金だけをターゲットにせず、あなたがなりたいと思うもの、やりたいこと、手に入れたいものをターゲットにしましょう。

- ビジョンボードを作り、あなたが手に入れたい生活に関する画像で満たしましょう。
- 豊かさを信じる助けとするために、宇宙銀行の小切手をダウンロードしましょう(www.thesecret.tv/check)。
- あなたの行動は、あなたが受け取ろうとしているものを反映しているかどうか確認してください。
- すでに持っているものに対して感謝しなければ、何も手に入れることができません。
- 感謝は豊かさです。受け取る前に、あなたが欲しいものへ感謝しましょう。
- 幸せな状態がお金をもたらします。

誰かと良くない関係にあるならば、
毎日数分間、心でその人への愛を感じ、
それを宇宙に発信しましょう。
それをするだけで、その人への恨みや
怒りや嫌な感情が消え去ります。

恨みや怒りや嫌な気持ちを抱くと、それと同じものが
自分に戻ってくることを忘れないで下さい。
愛を感じれば、愛があなたに戻ってきます。
他の人にあなたが感じている感情が
自分に戻ってくるのです。

ザ・シークレット 日々の教え

第4章　人間関係を変えるために「ザ・シークレット」をどう使ったか

愛はあなたが感じることのできる最も崇高で強力な感情です。ただ愛を感じることで、人生における人間関係を変えることができるのです。あなたが持つ愛する気持ちを生み出す能力には限界がありません。そして、あなたが愛するとき、あなたは完全な、そして絶対的な宇宙との調和のもとにあるのです。愛しうるすべてのものを愛しましょう。愛しうるすべての人を愛しましょう。あなたが愛するものだけに意識を向けましょう。そうすれば、あなたのところに愛と喜びが返ってくるのを体験するでしょう。何倍にもなってです！

理想のパートナーを引き寄せる

もしあなたが理想のパートナーと出会いたいのなら、あなたの行動が、受け取ることを期待しているものを反映しているかどうか確認してください。それはどういうことなのでしょうか？　それは、もし今その関係であればするであろうことをする、ということです。

すべての独身女性へ！

二七歳の時点で、私は三年以上シングルマザーでした。ひどく孤独で愛するパートナーと一緒にいられることを心の底から望んでいました。何人かの、ろくでもない男を引き寄せたあと、私はあきらめて、その孤独に耐えつづけていたのです。

そしてある日、ロンドン中心部のとある通りで住所を探しているとき、ウェディングドレスショップに行き当たりました。ウィンドウの中のマネキンが着たドレスに魅了された私は、もっとよく見ようと店の中に入りました。店員さんは試着を強く勧めてきます。ドレスは、見事にぴったりで、私は思わずそれを買ってしまいました。何歩か通りを進んで、プロポーズを期待できる理由などないのに、ウェディングドレスを購入したということに私は気付きました。私にはボーイフレンドさえ何年もいませんでした。馬鹿みたい、と私は感じました。

行こうとしていた住所を探しつづけている間、私は同じ住所を探す同年代の男性に呼び止められました。彼は、私がパソコンのスクリーンセーバー用の画像に設定していた俳優のマイケル・イーリーによく似ていました。私たちは一緒にその住所を探すことにしました。その後はご想像の通りです。四カ月後、私たちは一緒に暮らしはじめ、そして今では夫婦です。すべての出来事が私にとって現実離れしています。私たちは毎日笑い合っています。彼は私を愛し、私は彼を愛しています。彼には、私が求めていたものが全部備わっています。この気持ちを言葉で言い表すことはできません。

すべての独身女性にウェディングドレスを買ってと言っているわけではありません。けれど、あなたたち全員に信じてとお願いはしたいと思います。

イギリス　ロンドン　ズィー

ドレスを買うことで、ズィーは結婚をするかのように行動したのです。たとえ、その時点では、どうすればそうなるのか見当もつかなかったにもかかわらずです。彼女の行動は、自分は結婚することになっていると言っており、その結果、宇宙は彼女がお願いしたもの――結婚相手――を届けてくれたのです！　すでに理想のパートナーを受け取っているということを示すために、あなたにできる行動は何でしょうか？

クローゼットの中に、パートナーの服をしまうための隙間を作るのはどうでしょうか？

食卓に一人ではなく二人分のお皿を並べるというのは？　あるいは、ベッドの真ん中ではなくどちらかの端で眠り、空いている空間を作る、洗面所に二本の歯ブラシを置くというのはいかがですか？　宇宙に受け取る準備ができていると伝えるために、あなたが実行に移せる創造的な方法には制限がありません。

あなたの人生を変えるために、あなたの心を変えましょう

あなたの人生には、どの瞬間にもどの状況下でも二つの道が用意されています。つまり、前向きか後ろ向きかのどちらかです。どちらの道を選ぶかは**あなた**次第なのです。

ザ・シークレット　日々の教え

あなたは、人生のどんなにネガティブな状況も変えることができます。そして、そのためにすることは、あなたのネガティブな状況に対する考え方を変えることです。

次のお話に登場するタミーは、真実の愛がこの時代にも存在するとは信じることがで

きませんでした。けれども、『ザ・シークレット』を読み、DVDを観たあと、彼女は考え方を変え、あらゆるものの中にポジティブなものを見いだす決心をしました。

愛をあきらめないで

二〇〇六年に「**ザ・シークレット**」を紹介されたとき、私の結婚生活はうまくいっておらず、真実の愛というものをほとんどあきらめかけていました。私たちの愛は真実の愛だと主張するような人たちは、ただ人前で演じているだけで、現実の生活はおそらく私と大差ないだろうと固く信じていたのです。

いつもそんな風に考えていたわけではありません。私はとても愛情にあふれた家庭に育ちました。両親は、結婚して四〇年経っても未《いま》だに、誰が見ていようと抱き合ってキスをするような仲です。祖父母は父方も母方も、私が知る中で最も愛し合っているカップルでしょう。けれども、私は、彼らのような関係は、もはや存在していないと思い込んでいました。

そう信じることの方が、私自身の結婚生活についての真実を認めることよりも簡単だったのです。

「ザ・シークレット」を観たあと、私は本を買いに走りました。自分の考え方を変えるために最善を尽くそうと決意したのです。私は、小さなことから始め、毎日あらゆるもののポジティブな側面を見るよう自分に言い聞かせました。結婚生活が下り坂になってからやめていた物書きを再開しました。私は恋愛小説を書きました。自分にとっては初めてのことです。自分が本当に望むもの──真実の愛について、私は書くことができるのか見てみたかったのです。そしてその過程で、それは未だに存在しているのだと自分を納得させたかったのでした。

それから、夫との別居に伴い、念願であった教員免許をとるため学校に通いはじめました。私の生活はとても面白い形ですごく忙しくなりました。その結果、書きかけの本についてはほとんど忘れてしまったのでした。

約一年後、私は素敵な男性と出会い、恋に落ちました。彼はアメリカに、私はカナダに住んでいましたが、時が経ち、私たちは一緒になることを決めました。

私たちが一緒になって数カ月が過ぎ、私は書きはじめた物語について彼に話しました。しばらくそれを見ていなかったので、登場人物の名前も含め筋書きの主要な部分をほとんど忘れかけていました。主人公（私の分身です）の恋愛相手となる人物に付けた名前が、私の新しい恋人と同じ名前だったということを知り、私の心臓は止まりそうになりました！　私は文字通り、私の人生に彼のことを書き加えたのだと気付いた私の目に涙があふれました。しかし彼に促された私はそれを引っ張り出し、読み返してみたのです。

しかし、このお話はそこで終わりではないのです。離婚する前、私は引き寄せたい場所や体験についてのビジョンボードも作っていました。ボードに貼ったもので唯一形のある物は、雑誌で見たサファイアとダイヤモンドの指輪でした。愛する人が、私の祖父母が六六年前に結婚したまさにその場所でプロポーズをしたとき、私の指に滑り込ませてくれたのはビジョンボードのものとまったく同じ指輪だったのです。

現在私は、カリフォルニアに住んでおり、まもなく今までに出会った中で最高の人と結婚します。「**ザ・シークレット**」は、私を導いてくれる力でありつづけています。そして私は、人生が与えるべきものは、私がそうであると信じれば手の届くところにあるのだと気付きました。

アメリカ　カリフォルニア州　フラートン　**タミー H.**

タミーにとっての鍵《かぎ》は、恋愛小説を書いたことです。なぜなら、執筆の過程で、「創造のプロセス」のうち最初の二つのステップ――「お願いすること」と「信じること」を完了してしまったからです。残ったのは、彼女が書き記した本当の愛を、彼女にとっての完璧《かんぺき》なタイミングで受け取ることだけでした。

物語を書くことや日記をつけることは、あなたが欲しいどんなものに関しても、創造のプロセスを使うための素晴らしい方法です。もしあなたが、人生で理想のパートナーを引き寄せることを望んでいるのであれば、その人がいったいどんな人物なのかそしてあなたとの関係はどんなものなのか文章で描写することができます。あなたはそこに、彼の好き嫌いや嗜好《しこう》、趣味、家庭環境、あなたにとって重要な事柄を盛り込むことができます。理想のパートナーについて一〇〇個を下らない事項を書き連ねたリストを作ることができるはずです。それからゆったりと座って宇宙があなたの望みに合う人を調整してくれるのを見守りましょう。

思いがけない真実の愛！

「**ザ・シークレット**」の映画を二回観て、本を読んだあと、欲しいものと感謝しているものについて書きはじめ、その考え方を毎日の日課として応用するようになりました。

私はあらゆる正しいことを実行していました。しかし、一つだけ正しく行なっていなかったことがあり、宇宙はそれが何なのかを見せてくれました。

理想の男性と出会ったとき、私はアテネに住んでいました。私は彼こそが運命の人だと思いました。彼がゆっくりと日ごとに私から離れていくようになったのは、付き合って四カ月たった頃でした。初めのうち彼にそのことについて尋ねませんでした。しつこいと思われたくなかったからです。その後、一週間、彼から何の連絡もないと、私は彼に連絡し、彼は「心配しないで。何でもないから」と答えるのでした。もちろん、よくない考えはたくさんよぎりました。しかし、答えをもらうことはありませんでした。それから彼は、完全に私の前から姿を消してしまったのです。電話にも出てくれなければ、メールの返信もありませんでした。彼の車は見かけたので、彼が無事だというのはわかりました。それに、他の人たちはあちらこちらで彼と会っていました。私は頭に来ました。腹が立ちました。私は荷物をまとめてアメリカに帰るつもりでした。

私は理解しようと『**ザ・シークレット**』を読みつづけました。本が勧めることは全部していました。それが間違いだったのです。私は「感じる」のではなく、「やって」いたのです。お利口な小さな女の子のように、チェックリストとしてそれらすべてを行なっていたのです。違いますよね。「感じ」なければいけないのです。あなたがしていることを感じるのです。それをあなた自身の一部にするのです。ようやくそのことを悟り、私は高い基準を設定しました。私と一緒になりたい男の人は、私の基準を超えなくてはならない、以上。妥協するつもりはありませんでした。

私は地元のスクールでダンスを教えています。同僚と私はよくクラスの合間に階段に腰をおろしておしゃべりをしていましたが、時おりその場に生徒も加わることがありました。彼らが私たちの会話に割りこんでくるので、私はうっとうしく感じていました。そういうわけで、彼らの一人がやってきて「レモネードを買いにいくんですけど、先生もどうですか？」と言ったとき、私は「いらないから、あっちに行って」と思いましたが、口には出しませんでした。

生徒は戻ってくると私の隣に座って旅行に行ったときのことについて私に話しはじめました。

私は会話に参加しませんでしたが、彼の話は興味をそそられるものでした。

かいつまんでお話しすると、金曜日（二日後）に、私はアテネの反対側にあるディスコを訪れたのですが、偶然彼もその場にいました（神様の計画でしょう）。そこで私たちは一緒に踊り、たくさん話をしました。彼は私をデートに誘い、私はイエスと答えました。土曜日は初めてのデートでした。日曜日、私たちは一緒に三日間のキャンプ旅行へ出かけました。現在私たちはつき合って六年、二歳になる娘と共に、幸せな結婚生活を始めて三年になります。これが「**ザ・シークレット**」です。

ギリシャ　アテネ　**エバンジェリア K.**

エバンジェリアが発見したように、望むものについてうまく創造のプロセスを完了することができれば、宇宙があなたのお願いしたものを届けてくれるのを邪魔することはできません。

あなたは自分の人生を天国に変えることができます。しかしそのための唯一の方法は、自分の心を天国に変えることです。その他に方法はありません。

あなたが原因で、あなたの人生はその結果なのです。

ザ・シークレット　日々の教え

たとえどれほど長い間、いわゆるネガティブな人間関係というものが続いていたとしても、そして、たとえあなたがその特定の人間関係をポジティブなものに変えることなど想像できないとしても、それは可能なのです！　あなたはいかなるネガティブな人間関係も変えることができます。そして、その方法はその人に対する見方を変えることです。

相手についてのポジティブな点を見つけ感謝しましょう。そうすればその人との関係は変わります。それができるのは、あなたと……そして、あなただけなのです。

父との和解

両親が離婚したとき、父との関係は親密で安定したものから、敵意と怒りに満ちたものへと大きく変化しました。母が「**ザ・シークレット**」のＤＶＤをくれて人生がすっかり変わるまで、私は二五年もの間、父と和解できる見込みなどないと信じて生きてきたのです。

「**ザ・シークレット**」を観た初めの三回、私は涙を流しました。初めて、私の人生のあらゆる領域に希望が存在すると感じたのです。私は父ととてもポジティブな関係を築いていることをビジュアライズしはじめました。すると、突然、父から遊びにくるように誘われ、私たちは父と娘の絆《きずな》というものを感じながら素晴らしいひと時を過ごしました。それは、可能であるなど考えもしなかった奇跡でした。現在、父と私は再び仲が良くなってとてもいい感じです。

「ザ・シークレット」がどんなに素晴らしく驚くべきものであるか表現する言葉が見つかりません。それは絶望的な状況をとてつもない恩恵へと変えてくれたのです。世界中の人たちが、**「ザ・シークレット」**が私たちに与えてくれた希望を見つけ出してくれるよう願っています。

アメリカ　アーカンソー州　マグノリア　**エイミー**

次のお話の中で、グレンダもまた、彼らの間に横たわる不和ではなく、母親の大好きなところに意識を向け感謝しはじめることによって、仲たがいしていた両親との関係を癒《いや》す喜びを発見することができました。

大好きなお母さんへ

私は人生で四〇年あまり、一度も母親との繫《つな》がりを感じることができないでいました。一〇代の時には、何度も深刻な口論を経験しました。大人になると、母に親しみを感じることは決してありませんでした。

母が年をとり視力を失いはじめるにつれて、私は心から、このこじれた関係を修復したいと思うようになったのです。

『ザ・シークレット』を読んだあと、私は感謝についてのいくつかのことを書きはじめ、さらに、母に感謝しているすべてのことを書き出すことを決心しました。私たちのために縫ってくれた可愛い服、私たちみんなのために育ててくれた見事な野菜、広大な庭をいつも手入れしてくれていたことなどです。こうしたことを見つけた私は、長年にわたって休まず働き、私たちの世話をしてくれたことへの感謝があふれてくるのを感じました。その後、私はノートにこう書きました。「私は母との幸せで平穏で信頼し合える関係を望んでいます」こう書いたことで、母に対して新たな安心感を抱きました。彼女とは一年近く話をしていなかったので、私は母を訪ねる決心をしました。

母と会ったとき、私たちの間にあったあらゆることが変化していました。緊張もしなければ、気後れすることもありませんでした。私は母に、人生で経験したいくつかの困難について伝えました。すると母は――これまで一度も私を抱きしめてくれたことがなかった母なのに――私を抱きしめ、愛と励ましを与えてくれたのです。

私はこのような母性愛というものを感じたことがありませんでした。それは私の人生で本当に特別な瞬間でした。

今では毎週母に電話して、私がいつもそうしたかったように、おしゃべりをしています。言葉では言い表せない愛だけが二人の間にはあるのです。

グレンダ　ニュージーランド

ネガティブな事柄に気付くよりも、あなたが愛し感謝できるところを見つける努力をするとき、奇跡は起こります。その愛と感謝による前向きな状態から、あたかも宇宙があなたのためにあらゆることをしてくれるかのように、あらゆる喜ばしい出来事をあなたのもとに届けてくれるように、すべての良い人をあなたに出会わせてくれるように、奇跡は現れます。実際、その通りなのです。

手放して生きよう

特にそれが人間関係に関するものである場合、ネガティブな観念を手放すのは時として難しいものです。サブリナのケースのように。

許しによる癒し

私は虐待されて育ちました。私と弟や妹を傷つけたのは母でした。私は一番年上だったので、兄弟の誰かが何か悪いことをしたときにお仕置きを受けるのは私でした。人生最初の一五年間、毎日のように身体的・心理的な暴力を経験してきたのです。

一三歳の時、母が私の身体を攻撃していた最中のことです。私をぶちながら、私を押さえつけようと私の腰に彼女の膝《ひざ》を強く押しつけました。その結果、私は長年にわたって腰痛に苦しめられることになりました。

その出来事から二年後、私は父親と父の新しいガールフレンドと一緒に暮らしはじめました。妹と私は外で馬と遊んでいて、二人とも背中を蹄《ひづめ》で蹴《け》られて宙に投げ出されました。一週間後、弟が私の座っていた椅子を後ろに引き、またもや私は仰《あお》向《む》けに倒れました。私の尾てい骨は一センチ半もずれてしまいました。

何年もの間、私は病院に通いつづけていました。なぜなら、どうして未だに腰痛が治らないのかわからなかったからです。ついに医者が、何か過去の問題が関係している可能性があるが、私の大きな胸の重さも痛みを増す原因になっていると言いました。

胸を小さくする手術を拒んで以来、私は腰痛をなくすことをあきらめました。**『ザ・シークレット』**を読んだあと、私は母を許し、仲直りする決心をしました。

ある日、ソファに座って瞑想《めいそう》をしていたとき、目の前に母の姿が見えたのです。私は母に近付き彼女を抱きしめました。彼女を抱きしめながら立っている間、私は愛していると言い、過去は水に流して許すことを伝えました。「母さんはできる限りのことをしてくれたって、今ならわかるわ」私は言いました。「その時あった知識と経験で」私は続けました。「愛してる。私は母さんを許すわ」私は泣きだし、涙が頬を伝うに任せました。長いこと瞑想にふけり、そして私は許したのでした。私は言いました。「愛しています。私は自分の中の幼いサブリナが気の済むまで泣くことを許します」それは私に起きた最も怖い、けれども最も美しい出来事の一つでした。

この体験のあと、私は父と義母に、母を許し過去のことは水に流したと伝えました。

その夜、私の腰痛は消え去り、そして二度と再発することはありませんでした。

治すために私がしたのは、母を許したことだけだったのです。

デンマーク　**サブリナ**

サブリナの、ビジュアライゼーションと瞑想の併用は、母親についてポジティブに考えはじめることを可能にし、過去の関係による精神的な痛みだけではなく、彼女の体にあった身体的な痛みをも克服する助けとなりました。ある状況についてあなたの考え方を変えたとき、それに関連したすべてのものが変わるのです。

あなたが与えるほどあなたは受け取ることができます

与えることは受け取るための扉を開きます。

人に親切な言葉をかけましょう。笑顔を投げかけましょう。また、人に感謝し、愛を与えましょう。

あなたには沢山の与える機会があります。与えることによって、受け取るための扉を開くことができるのです。

ザ・シークレット 日々の教え

贈り物

私は、出張から帰る夜、空港で『**ザ・シークレット**』を読みはじめました。機内で、読者に憧《あこが》れの車を運転することをイメージするよう促す場面に差しかかりました。私は、ジャガーのエンブレムが付いたハンドルを思い描こうとしました。しかし、ポルシェのエンブレムが絶えず脳裏にちらついているのです。とうとう、私がビジュアライズしている車は夫がずっと欲しがっていたポルシェであることに気が付きました。

私は、心の中で外側と内側両方の色、完全な状態で保管されているエクステリアとインテリア、非常に良く整備されている状態などを鮮明に思い描きました。私たちが購入することができるのは一九九七年のモデルだということはわかっていました。その時点で製造されてから一〇年経ったものです。私はまた、長年運転されていたほとんどの車は、古さを感じさせるなどというレベルではないことも知っていました。けれども、私はまるで新車のように見えて、走行距離に見合った値下げがされた一〇年選手の車を思い描きつづけたのです。

こうしたイメージをしていて、私は何かそれ以上のものを求めているということに気付きました。それは、義理の息子、ブランドンとの新たな関係でした。娘が夢見た結婚がとても不安定な結婚生活になってしまったせいで、緊張と距離が私たちの間にはありました。

その結果、彼と私は五カ月以上も口をきいていませんでした。

私は、彼らの結婚について議論するためではなく、彼の話を聞いて、彼のことを心から大切に思っていて、成功する力があると信じているとわかってもらうために、彼と顔を合わせる機会が欲しいと独り言を言いました。

飛行機が着陸し、『**ザ・シークレット**』で読んだことを、夫とシェアできるのが楽しみで仕方ありませんでした。

翌朝、娘と甥《おい》っ子を朝食に連れ出しました。レストランで、娘の携帯に電話がかかってきました。とてもびっくりした様子で、娘は私に携帯を手渡しながら「ブランドンよ。お母さんに話があるって」と言いました。

一カ月前、地元の自動車ディーラーの営業職に就いたブランドンは、私の夫テッドが、ポルシェのボクスターを所有したいと言っていたのを思い出したと話しました。そして、今朝、彼の担当になった中古のポルシェは、非常に几帳面《きちょうめん》な人がずっと所有していたうえに、一〇年間、一日に数ブロック以上運転していなかったと興奮気味に説明しはじめたのです。ブランドンは、前夜にちょうど私が心の中で創造したようなその車を言い表すのにショールーム・パーフェクトという表現を使いました。言うまでもなく、私は彼に誰も近付けないようにと言い、すぐにそちらへ向かうと言いました。

私が到着すると、それはまさにあの車でした。あの色、ショールーム・パーフェクトで、走行距離五〇〇〇マイル未満！　私がブランドンに、テッドに見せなくちゃ、絶対喜ぶはずと伝えると、彼は問題ないと言い、私の運転免許証を求め、鍵を取りに行きました。

ブランドンは戻ってくると、上司がたった一つだけ条件を付けたと報告しました。それは、夫のレストランまでの二時間半の道のりを、ブランドンが私に同伴するということでした。

本当に驚きました。どちらのリクエストも二四時間以内に実現してしまったのです。私の夫は憧れの車を手に入れ、レストランへと向かうドライブでブランドンと私は、双方にとってとても大切な関係を修復することができたのでした。

あの飛行場での夜以来、私は親友たちにこの本を配っています。私たちは感謝日記を埋め、ブランドンは彼の車用に私が思い描いた通りオーディオを手に入れました。

アメリカ　テキサス州　ダラス　**ダレル P.**

喜びはより多くの喜びを、平穏はさらなる平穏を、幸福感はより多くの幸せを引き寄せます。そして感謝すると感謝できることを、親切にすれば親切にされることを、愛すれば愛されることをより多く引き寄せるのです。

ザ・シークレット　日々の教え

人間関係の鍵

その人に対する見方を変えることによって、いわゆるネガティブな人間関係はどん

なものであっても変えることができます。

- 相手の愛せるところや感謝できるところを探しましょう。そうすればその人との関係は変わります。
- 人生における他のあらゆることと同じように、人間関係についても、受け取るためにはすでに手に入れていると信じる必要があります。
- 人間関係の引き寄せ、あるいは修復をしようとするときは、あなたの行動が受け取ることを期待しているものを反映しているかどうか確かめてください。
- 人生で理想のパートナーを引き寄せるためには、その人がどんな人なのか細部にわたって思い描き、全部書き出しましょう。
- あなたが相手に対して感じていることは、あなたのもとに返ってきます。
- 愛を感じることで、人生における人間関係を、あなたは自分の力で変えることができます。

あなたが愛しうるすべてのものを愛し、すべての人を愛しましょう。愛するものにだけ意識を向けましょう。

与えれば与えるほど、
あなたの人間関係と人生に
より多くのものを受け取ることができます。
引き寄せの法則の原則は、自分の中にある
自然治癒力を引き出す強力な手段で、
現代医学の素晴らしい医療方法と完全に調和し、
補助的に用いることができます。

第5章　健康のために「ザ・シークレット」をどう使ったか

私は、治らないものなどないと知っています。ある時点で、すべての、いわゆる「不治の病」は治るのです。私の心の中、そして私が創造する世界において「不治」というものは存在しません。「**ザ・シークレット**」が公開されて以来、「**ザ・シークレット**」を実践した結果、あらゆる病気が身体から消滅したという多くの奇跡体験が私たちのもとに殺到しました。あなたが信じれば、すべてのことが可能になるのです。

マインドを変えて、健康を変える

医者たちは奇跡だと言います

二四歳の時に、私は原因不明の心臓疾患と診断されました。それは命を脅かすものでした。その上、この状態になるのは一〇〇万人に一人なのだと告げられました。

私はいくつかの薬を処方され、胸には除細動器が埋め込まれました。まるで死が、よく見知った知人であるかのように感じられました。

五年後、離婚と二つのうまくいかなかった手術を経て、私は答えを探し求めていました。

「ザ・シークレット」を観て、実行に移すようになってから、私は、なぜこのような心臓の状態なのかを発見するためのスピリチュアルな探求を開始しました。これには、数年にわたる時間を要しましたが、ついに私は人生についての新しい認識を獲得し、もうこの状態にとどまっている必要はないのだと感じました。私は、手放すことを決意したのです。

私は自分に言い聞かせました。「おまえは、ある朝目覚めて、もう薬は必要ないと知るだろう」半年ほど経った頃の話です。朝起きてテニスシューズをつっかけて野菜の直売所へと向かった私は、その手前まで来たところで、薬を飲み忘れたことに気が付きました。

そのとき、頭の中ではっきりと声が聞こえました。「今日がその日だ。君はもう薬を飲まなくていいんだ」

それ以来私はなんの薬も服用していません。そして半年前には、除細動器も取り出しました。

当初、医者は器械を取りだすことに難色を示しました。回復に関する医学的な証拠がないというのがその理由でした。しかし、同様に、疾患がまだ存在するという証拠もまた存在しなかったのです。彼らは、このようなことが起きたという文献は他になく、これは奇跡だと言いました。

アメリカ　コロラド州　コロラドスプリングス　ナイトA.

もちろん、処方された薬や、治療をやめるという選択は、専門医と相談してから決めるべきことです。しかし、この方と彼女の主治医が共に達成したことは、引き寄せの法則が従来の医療と併せて用いられたときに発揮するパワーを示すものとなりました。

信念とは、強い感情を伴って繰り返された思考のことです。信念とは、心を決め、決定を下し、ドアに釘《くぎ》を打ち付け一切を遮断して、交渉の余地はないぞという状態のことです。

もしあなたが、健康に関してネガティブな信念を作り上げてしまったのならば、交渉の席に戻りましょう。あなたの心を変えるのに遅すぎるということはありません。あなたが健康状態を良くしたいと望むのであれば、心を変えることは必要不可欠なのです。

私の奇跡の心臓

私は、見知らぬ人から遺産に関する電話を受けました。それで、父親が急死したことを知ったのです。五三歳でした。父は、マルファン症候群と呼ばれる珍しい遺伝性の疾患を患っており、それによる大動脈瘤《りゅう》で亡くなりました。私は、ビバリーヒルズにあるシダーズ・サイナイ・メディカルセンターの循環器科部長を訪ねました。そこで、私もマルファン症候群であることが判明したのです。

マルファン症候群は、治療法のない遺伝性の疾患で、しばしば、大動脈瘤による死を引き起こします。若い頃に発症することが多く、通常は二〇代で症状が現れます。私は二八歳でした。

私は打ちのめされました。第一度心ブロックと心雑音の症状が出ていました。心ブロックが第二度へ進行するとペースメーカーが必要でした。しかし一番心配なのは大動脈弁が破裂することでした。子どもを持つことはできないでしょう。私はずっと運動漬けの生活を送ってきました。バレーボールや水泳、大学テニスといった競技スポーツです。そして、栄養学とフィットネスに入れ込んでいました。病気の一件が明らかになったあと、私はすっかり怖気《おじけ》づいてしまいました。これまで自分は強くてポジティブな人間であると思っていましたが、彼らが言う「時限爆弾」を胸の中に抱えたいま、弱くて脆《もろ》い存在であると感じました。いつものポジティブな自分でいようとしても、迫りくる危険と逃れられない運命のことが常に頭から離れませんでした。

恐怖と共に暮らし、年に二回の検診を受けるという生活を、『**ザ・シークレット**』に出会うまで何年も続けました。ちょうどその頃、私はまた心臓医の診察を受けることになっていましたが、飛行機事故に遭ったのに、自分で自分を治癒した人の話に衝撃を受けていました。そのときにすぐ、心臓を治すと私は決心したのです。私はそれを信じ、可能であるという確信を持ちました。

私はすぐさま心臓についてのネガティブな考えを消し去り、これ以上心の中に入り込ませることを断固拒否しました。毎晩ベッドで横になると、心臓の辺りに右手を置いて、強靭《きょうじん》な心臓を思い描きました。心の中で、心臓が力強く鼓動し、健康な心臓が持つ見た目や音をしている様子を繰り返し思い描いたのです。そして毎朝目が覚めると、こう言いました。「強くて健康な心臓に感謝します」私はさらに、医者が私に治ったと告げる様子をビジュアライズしました。意見されるのも、信じてもらえないのも嫌でしたから、私は誰にもそのことを話しませんでした。そして、十分にそれらを実践するために、診察の予約を四カ月ほど先延ばしにしました。

私の心臓の状態を裏付ける、これまでの心電図検査や心エコー検査の結果でいっぱいになった医療ファイルを抱えて、私は再び病院を訪ねました。ドキドキとワクワクが入り混じったような気持ちでいましたから、心電図や超音波検査のための機器が取り付けられたときは、自分を落ち着かせるのに苦労しました。

心臓医が呆然《ぼうぜん》としながら、検査結果を手に入ってきました。第一度心ブロックの兆候はない、心雑音もない、そして大動脈の拡張もないとのことでした。医者は何度も何度も、古い検査結果と新しい検査結果を見比べていましたが、新しい検査結果は完全に心臓は健康であることを示していて、マルファン症候群はまったく見当たりませんでした。彼にはどうにも説明のつかない結果でした。私は舞い上がってこそいましたが、実を言うと、驚いてはいなかったのです。それはまさに、思い描いた通りの展開でした。かつてない程の力強さと、生きていることを実感しながら、私は、病院の事務所から通りの向こう側に止めた車へと、文字通り「駆け出し」ました。

それから母親——彼女が私に『**ザ・シークレット**』を買ってくれました——に電話しました。

そして、どのように本の中に書かれたことを実践し、健康で強く、正常な心臓を手に入れたのかを説明しました。母親があれほど号泣したのは聞いたことがありません。

アメリカ　カリフォルニア州　ラグナビーチ　**ローレン T.**

あなたが選んだ医者に治療を任せ、あなたは健康にだけ意識を向けましょう。

健康のことを考えましょう。健康について語りましょう。そして、完全な健康体であるあなた自身を想像するのです。

ザ・シークレット　日々の教え

一度に一個の小さなポジティブな思考を

すべてのストレスは一つのネガティブな思考から始まります。歯止めが利かなくなった一つの思考が、ストレスが姿を現すまで、別の思考、そしてまた別の思考へと続いてゆくのです。結果はストレスですが、その原因となるのはネガティブシンキングです。すべては一つのネガティブな思考によって引き起こされるのです。どのようなことが心に浮かんだとしても、それを変えることは可能です。たった一つの小さなポジティブな思考が次のポジティブな思考へと繫《つな》がるのです。

美しい癒し

「**ザ・シークレット**」のCDを聴いてからというもの、たくさんの驚くような出来事が私の人生に起こりましたが、長年私を悩ませてきた潰瘍《かいよう》性大腸炎が完治したことほど驚くべき出来事はないでしょう。

ペンテコステ派の家庭に生まれ育った私は、地獄やキリストの再来に怯《おび》える、不安を抱えた子どもへと成長しました。心の中では教会に疑問を持っていました。もし聖書に書かれている通り神様が愛ならば、なぜ私はこんなに恐れを感じているのだろう。私はあらゆるものが怖かったのです。

私の父も潰瘍性大腸炎でした。母は私に、余計なことを心配しつづけていると、父と同じ病気にかかるよと言いました。二三歳のとき、その言葉通り、私は潰瘍性大腸炎と診断されたのです。

ミスター・グッドイナフ（「まあまあ」な人）との関係に落ち着いた二〇代後半、私は夢見ることも歌うこともやめ、酒に溺《おぼ》れはじめました。その頃、潰瘍性大腸炎が悪化しはじめたのです。彼のもとを去ったあと、私に「相性ぴったり」な人と出会いました。おなかは相変わらず差し込むように痛み、毎日のように出血がありました。そのときまで私はフルタイムで働き、女手一つで小さな娘と問題を抱えた一〇代の息子を育てていました。この素敵な恋愛のおかげで辛うじて私は苦痛に耐えることができていました。しかし、身体は疲弊しはじめていたのです。

私は失業したので、新しい夫の愛と気遣いのもと、ただ過去と身体を癒すことにのみ集中できました。日常的に出血していたため、私は酷《ひど》い貧血でとても疲れていました。

精神的にもくたくたでした。専門家のもとを訪ねた私は、一生多量の抗炎症剤と定期的な浣腸《かんちょう》が必要であると言われました。落胆し絶望しながら、私は薬漬けになるより他ありませんでした。

一年以上経っても、相変わらずほぼ毎日のように出血が続いていました。他の面では、私は完璧《かんぺき》で素晴らしい生活を手に入れました。しかし、肉体的、感情的には未《いま》だ酷い状態でした。自分自身とさんざん押し問答した挙句、私は『**ザ・シークレット**』を購入しました。読み出してから五分ほど経った辺りでしょうか、歓《よろこ》びの涙が私の頬を伝いはじめたのです。密《ひそ》かな信念が揺るぎない確信へと変わりつつあることに私は驚きました。

その日私の人生は変わりました。大腸炎の症状がたちまち和らいだのです。私は健康な大腸の画像を検索し、その通りにビジュアライズしました。回復していることに礼を言い、そして絶えず身体に感謝しました。私は水が身体を癒している様子をイメージしました。人間の身体はほとんどが水からできていると気付き、それを身体に取り込むことは悪いバクテリアを洗い流し、効果的なのではないかと思ったからです。だから、水を飲みながら感謝の言葉を述べました（「ザ・パワー」を聴いて、水がポジティブな環境下でどう変化するのかを知るのは、この少しあとのことです）。

私は、「**ザ・シークレット**」を聴きつづけました。体調は回復し、これまでの人生で感じたことがないぐらい気分が良くなりました。しかし、それでもなお私の身体は本来あるべき姿ではありませんでした。精神面に関して、私は大切な人たちとの確執と共に、過去を手放そうともがき苦しんでいました。発作的に不安になり、落ち着いて冷静になれないことに強い苛立《いらだ》ちを覚えました。私は自分につらく当たりました。すべての手段を手にし、欲しいものは何でも手に入るようになった。なのに、なぜ健康だけは得られないんだろう。完全な健康が手に入るまで、あと一歩だということはわかっていました。しかし、何かがまだ足りないのです。

半年間、毎日「**ザ・シークレット**」を聴きつづけ、スピリチュアルな成長や癒しと感謝について書かれた本を読んだあと、「ザ・パワー」を購入した私は、何が足りないのかを発見しました。何をおいてもまず優先すべきは愛であるということを、私は忘れていたのです。

そこでまず私は自分自身にすべてを愛することを許可しました。小さなことから大きなことまで全部愛するのです。二日後、大腸炎の症状は消えてなくなりました。

今私は、愛を感じながら一日をスタートさせます。家族や友だちを思い浮かべ、彼らに愛を送ります。彼らが幸せでうまくいっていることをイメージします。私は宇宙がどのように反応するのかを知って感動しました。確執は解消し、近しい人たちはより幸せになりました。私はイメージングと愛を感じること以外は何もしていません。すごく簡単にできることです。いま私は自分に、すべてのものを愛することを許可しています！　すべてのもの、すべての人たちに愛を送るのです。一番の発見は、私の過去の中に愛を見つけるということでした。悲しみをもたらす記憶が甦《よみがえ》ってきたときは、その当時好きだったものを何か見つけて、そしてそれを感じるようにします。そうすると、もはやそのときのことが私を嫌な気持ちにさせることはありません。

私の人生はすべての領域でこれまでにないほど良くなっています。「**ザ・シークレット**」が、私のために新しい考え方と新しい人生の扉を開いてくれました。初めて「**ザ・シークレット**」を聴いてから二年半経った誕生日、半年ごとに受けている検査の結果を手にした私は、長年私を苦しめてきた潰瘍性大腸炎が完全に治癒していることを知りました。残っているのは傷あと組織だけです。私は今、これまでの人生で一番健康で、そして、人生で一番幸せです。

カナダ　ブリティッシュコロンビア州　バンクーバー　**ジェシカ T.**

ストレスを感じていると、望みを叶《かな》えることはできません。まず解消すべきはストレスと緊張感です。

ストレスの感情は、自分は欲しいものを手に入れていないと強く言っているのです。ストレスや緊張は信頼の欠如です。ですからストレスや緊張をなくすためにあなたのすべきことは、信頼を強化することだけです！

ザ・シークレット　日々の教え

「ザ・シークレット」で私の人生はどのように広がったか

私は成人してから大半の時間を外出恐怖症、不安障害、そしてパニック障害に苦しめられてきました。だから、**「ザ・シークレット」**に出会うまで、私の安心地帯《コンフォートゾーン》の範囲から出て何かをするということは、基本的にすべてあきらめていました。

私は毎日をポジティブなアファメーションを唱えることから始めました。それから、できないことについて話すのをやめ、できることについてだけ話すようにしました。

そしてついに、三三年もの間飛行機に乗ることができず、海外へ行くことができなかった私が、九歳と一二歳の息子を連れて、二週間のバリ旅行へ出かけたのです。

地元のショッピングセンターにも行けなかった人間から、世界中を旅する人へと変身することができました。すべては「**ザ・シークレット**」のおかげです！

オーストラリア　シドニー　**カレン** C.

カレンの体験談が教えてくれるように、アファメーションは恐れや不安を克服するためだけでなく、パニック障害の改善にも使うことができます。

アファメーション（肯定的な断言）の効果は、それを口にする時にどれだけそのことを信じているかにかかっています。それを信じていなければ、アファメーションは何もパワーがない単なる言葉に過ぎません。信念が言葉にパワーを与えるのです。

ザ・シークレット　日々の教え

いい気分でいることよりも大切なことはありません

健康でいることとは、すなわち健康な身体と健康な心を持つことを意味します。あなたの心がネガティブな考えや信念でいっぱいのとき、あなたは幸せにも健康にもなれません。

心を健康に保つことが、身体の健康を促進させるのです。

心を健康に保つ一つの方法は、ただネガティブな思考を信じないことです。あなたの人生に何が起ころうとも、美しさ、愛、感謝、歓びといったポジティブな考えに気持ちを切り替えましょう。それがあなたの身体にとって必要な万能薬となるのです。

目覚めへの呼びかけ

私はずっと健康に気をつかう生活を送ってきました。四〇年近く、瞑想《めいそう》をし、体操をし、「正しい」食事を摂《と》り、八時間の睡眠をとってきました。

だから、六〇歳になる誕生日の一週間前に、医者から乳がんだとの診断を受けたときは大変なショックでした。

その診断結果を受けた私は、それから数日間、身のすくむような恐怖を感じながら過ごしました。そんな折、なぜか「たまたま」新聞に載った「**ザ・シークレット**」の記事を目にしたのです。私はCDを取り寄せました。そして、車の中で、寝床で、そして犬を散歩させながら、CDを聴きました。私は、自分も夫もこれまで働き詰めの生活を送ってきて、人生を楽しんでいないことに気付きました。これは自慢できることじゃありませんよね。そこで、私たちは時間を設け、バランスの良い人生を送るために、生活の優先順位をつけ直してみたのです。

次に私がしたことは、友人が親切心から貸してくれたがんに関する本をすべて返すこと、そして、医療サイトの検索をやめることでした。自分を乳がん患者であるとみなすのをやめたのです。その代わり、日課である散歩中、大きな声で「私は元気はつらつです！　ありがとう！　ありがとう！　ありがとう！」と言うようにしました。シャワーを浴びているときには、細胞すべての調和が取れ、臓器のすべてが完璧に働き、身体のあらゆる組織が健康な状態であるとイメージしました。私は、どれほど自分が健康であるかを繰り返し口にしながら、毎日、起きてから寝るまで、その日のすべてのことに感謝しました。

効果が出るまでには六週間かかるとわかっていましたが、病院からは、手術の予定を合わせるため、数日中に電話すると言われていました。そこで、「**ザ・シークレット**」を使って回復のための時間をもう少し与えてもらうよう試してみました。「回復に必要な時間はたっぷりある」と私は唱えました。そして、宇宙はそれを聞き入れてくれたのでした！

誰も電話をかけてこなかったのです。結局五日経って、私の方から病院に電話をしました。

なんと、私の分についての事務手続きを忘れていたのだそうです！

しかし、おかげでその頃には、胸のしこりはほとんど感じられなくなっていました。

術後、医師が夫に、手術では腫瘍《しゅよう》が見つからずに苦労したと話していたそうです。正しい部位を取ったかどうか確かめるために、いま追加で採取した組織を病理検査へ送っているとのことでした。どうしてここまで腫瘍が小さくなったのか、誰も説明できませんでした。私ならできるんですけどね！

いま私はすべての瞬間を満喫しながら生きています。二度とは経験したくない出来事を乗り越え、思考の力を学べたこと、そして人生に関して私たちが採ることとなった選択に対してとても満足しています。

アメリカ　ニューヨーク州　シラキュース　**キャロル** S.

キャロルが発見したように、マインドを通した治療は、医療の力と併せて行なうことが可能です。検査や処置を受ける際には、あなたが得たい結果を思い描き、すでにその状態になっていることを感じてください。キャロルは「**ザ・シークレット**」を使って、好ましい結果が出るとの揺るぎない信念を確立してから手術に臨みました。宇宙がキャロルに与えてくれたのは、彼女が信じた通りの結果でした。

身体に関するネガティブな思考とストレスが与える影響、それらが長期間続いたとき、病気という結果となって現れます。ネガティブな思考は二通りのアプローチで変えることが可能です。まず一つ目は、健康に関するポジティブな思考とアファメーションで身体を満たすという方法です。これは、ポジティブな思考とネガティブな思考は同時に存在しえないという性質を利用したものです。あるいは、二つ目の選択肢として、ネガティブな思考を認めないという方法もあります。ネガティブな思考に一切の注意を向けないとき、それらはエネルギーを失い、またたく間に消失してしまいます。どちらの方法も効果的です。そしてどちらのやり方も、望まないものには意識を向けないという点では共通しています。結局のところ、これが「シークレット（コツ）」ということでしょうか。次の体験談は、望む健康を手に入れたいのならネガティブな思考を手放さなければいけないと学んだティナのお話です。

無敵になった私

私が早期閉経だと診断されたのは、三二歳で離婚したばかりの頃でした。医師が私をなだめながら、「こんなに早い人は初めてだ」とつぶやいたのを覚えています。私は、母親になることはできないのだと知って、何日も、何週間も、何カ月ものあいだ泣き暮らしました。絶望的な気持ちでした。私が経験した苦しみと、歩んだ道のりは言葉にできません。治療法はなく、医者からは何の提案もありませんでした。真面目な話、私は治療法や原因を知り、正常な生理の周期を取り戻そうと、世界中を訪ね歩きました。漢方薬も試しましたし、針治療も受けました。ピルを使い、果てはホルモン療法まで、あらゆるものに手を出しました。

正直なところ、心の底では驚いてはいませんでした。私はいつもネガティブな人間だったからです。診断を受ける前、三〇代前半で閉経と診断された女性の話を聞いた私は、同じことが自分の身にも起こったらどうしようと心配していました。私はいつだってそれが自分に起きたらどうしようと考えてしまう癖がありました。何かを心配すればそれが現実のものとなる。**「ザ・シークレット」**のゴールデンルールにこういうものがありますよね。

ある薬を試しては別の薬に、ある医者にかかっては別の医者へ、ということを五年ほど繰り返しているうちに、さらに悪いことが起きました。加齢が急速に進んだために高血圧とカルシウム欠乏症の症状が出はじめたのです。たくさん歩いたときには、膝《ひざ》がいつまでも痛みました。血圧の薬まで服用しはじめることになってしまいました。私はまだ三六歳でしたが、自分が六三歳であるように感じていました。実際、私は早死にするんだろうなと考えながら毎朝目を覚ましました。毎日が憂うつでした。

私は再婚しました。夫は情緒不安定な私に対し辛抱強く接してくれました。彼は、私の背中を押して私が外出したり運動したり、健康的な食事をするよう仕向けてくれたのです。あるとき、身体を休ませるために、すべてのホルモン剤をやめる決心をしました。

ホルモン剤の服用をやめたあと、立ち寄った本屋さんで『ザ・パワー』を見つけました。

『**ザ・シークレット**』は前に読んだことがありましたが、とてもネガティブな人間だった私ですから、そのときは、こんなことしたって意味がないと内心、思っていたのです。しかし、今回は何やら私に向かってこの本が唯一の希望であり、たった一つの解決策であると告げる声が聞こえたのです。それに、どんな治療法も効果がないのであれば、おそらく私自身が自分のドクターとなり、違う手段で私を治してやらなければいけないのでしょう。

本を読み、たちまち引き込まれた私は、オーディオブックも購入し、地下鉄に乗っているとき、買い物のとき、街を歩いているとき、眠れない夜にと、毎日それを聴きました。私は何でもできて、人生で手に入れたいものは何でも手に入れることができる、それを聞く度に私は涙を流しました。

そしてポジティブな思考とイメージングを実践しはじめました。私は、強くて異常のない血管を持っている自分を想像しました。血圧の薬を飲まなくても正常な血圧である自分を想像しました。痛みを感じることなく走り回っている自分を想像しました。そして、正常な周期で生理が来る自分を想像しました。すべての瞬間に愛を感じることなど本当に生まれて初めての体験でした。もう些細《ささい》なことで落ち込むこともありません。愛する人たちと楽しく過ごせる場所に囲まれて私は幸せで、そして満足でした。

三カ月後、私は薬を飲むことを一切やめました。薬を服用しなくなってさらに数カ月、血圧が正常に戻りました。もはや膝が痛むこともありませんでした。そして、一番驚いたこと、それは生理が来たことでした。

『**ザ・シークレット**』の関係者のみなさま、人生の試練を乗り越える強さを与えてくださったことに感謝します。あなたたちのおかげで、私は強く、すべてを手に入れるに値し、無敵の存在であると信じることができるようになりました。

香港《ホンコン》　**ティナ**

健康に対する心の持ち様を変えるだけで健康を改善することができるなんて、驚きですよね？　ポジティブな思考であなたを満たしましょう。健康に関する前向きなイメージで心と体を満たしましょう。気分が良くワクワクした状態を意識の中心に据えましょう。そちら側を向いたならば、その反対の状態には背を向けたことになるのです。

人生からの贈り物を受け取る

私たちは、一度は子どもを持つことをあきらめた女性の方たちから、たくさんの体験談をいただきました。彼女たちは、『**ザ・シークレット**』を読み、その原理を実践に移し、そして妊娠することができました。これらの体験談が示すのは、「不可能な」ケースなど存在せず、「**ザ・シークレット**」はあらゆる局面においてポジティブな結果を創造することができるということだと、私は思います。

可愛らしい女の赤ちゃんに恵まれました

私のお話は、愛する人と結婚したところから始まります。私たちの順番としては、まず腰を落ち着けるのが先で、落ち着いたら子どもを作ろうということになりました。

しかしいざ子どもを作ろうとなったら、うまく行かなかったのです。そこで病院を訪れた私たちはいくつかの検査を受けるように提案されました。私たちはいくつもの治療法を試しましたが、不妊の原因はわかりませんでした。

私たちの両親も親類も友だちも赤ちゃんのニュースを求めてきましたが、何もお伝えできることはありませんでした。既婚の友人たちは子どもたちに恵まれ、一方の私はといえば、赤ちゃんが欲しくて泣いている。私はとても落ち込み、不安でいっぱいでした。

ある日、私の主治医が、今年の末までに妊娠できない場合、体外受精を受けることになると言いました。それはがっかりする知らせでした。体外受精は高額である上に、一度の処置で成功する確証はどこにもないのです。その頃、親友の一人が役に立つアドバイスを受けられるはずと、占星術師に相談してみることを強く勧めてきました。私と夫は予約を取り、そしてその面談が私の人生を変えたのでした。

私たちが身体の問題を説明すると、占星術師は「**ザ・シークレット**」を観たかと尋ねました。私ははいと答えました。実は、数年前に私は「**ザ・シークレット**」を観ていました。

「じゃあ」と占星術師が言いました。「『**ザ・シークレット**』を知っているのに、なぜここに問題を持ってやって来たんですか？　あなたの問題はあなた自身で解決できるのですよ」

彼は、「**ザ・シークレット**」をどのように使えば良いのか指導してくれました。

そして、その日、私は自然に妊娠する権利があると誓いました。

そのとき以来、私と夫は**「ザ・シークレット」**を日課に組み入れました。

まず、本を買ってじっくりと読みました。それからは妊娠した女性を見かけるたびに神様に感謝しました。そして女の赤ちゃんのために服を買いはじめました。赤ちゃんが成長する様子を写した写真を集め、携帯電話に保存しました。ベビーソープを使うようになりました。赤ちゃんの服をしまうスペースを戸棚の中に作りました。毎日私と夫は私たちの可愛い天使の存在を神様に感謝しました。親類が妊娠のことを尋ねるたび、「もうすぐだよ」と答えました。すでに私たちのもとに可愛い赤ちゃんがやってきたように、私はこれを行ないました。

「ザ・シークレット」を実践しはじめて九カ月後、私は家庭用の妊娠検査キットを使い、陽性であることがわかったのです。何ら不妊治療を介さない自然妊娠でした。涙が頬を伝いました。最高に幸せでした。夫も、私が医療の力を借りずに妊娠したことを喜んでいました。妊娠は終始順調に進みました。そして九カ月後、私は愛らしく健康な女の赤ちゃんに恵まれました。たくさんの人たちが、生まれるのは男の子だろうと言っていましたが、私には妊娠前から女の子であることがわかっていました。

というわけで、妊娠できずに悩んでいる方、どうか希望を失わずポジティブでいてください。宇宙にお願いして、すでに受け取ったと信じれば、あなたが願うものは何でも受け取ることができるのです！

インド　ムンバイ　サミタ P.

サミタが自分以外の女性の妊娠に感謝したとき、たとえ彼女自身はまだ妊娠していなくても満足していました。あなたが感謝するもの――あなたが満足感を感じるもの――はすべてあなたのもとに訪れます。

赤ちゃんが授かることを宇宙に感謝し、お礼を言うことに加えて、サミタは妊娠することを「確信」し、さらに二つの非常に大事なことを日課として採り入れました。妊娠した女性を見かけると神様に感謝したこと、そしてクローゼットのスペースを空けて赤ちゃんのための服を買いはじめたことです。

クローゼットに隙間を作り、娘の服を買うという行動が、赤ちゃんを授かることになると信じるだけではなく、赤ちゃんは今やってくるところなのだと信じる助けとなったのです。宇宙は隙間が空くことを嫌い、たちどころにそれを埋めてしまうと言われています。サミタの例を見てください、まさしくこのことが起こったのです。

あなたが最も深く**信じている**ことが一番早く実現されます。あなたが**信じている**ことしか実現されません。ですから、望みを叶えるためにはそれを**信じなければ**ならないのです。

ザ・シークレット　日々の教え

次のお話では、アンドレアは小道具とビジュアライゼーションの力を使って、長年強く望んでいた妊娠を一回だけではなく二度も実現させました。

ビジョンの力

それは二〇〇三年の夏でした。休暇中で、黄金に輝く砂浜の上で、太陽の光を浴びて座っていた私は、母から六人目となる子を妊娠したという驚くべき報告を受けたのです。私も母もどちらも子どもが大好きでしたから、一番下の子ももう一一歳になってしまったということもあり、赤ちゃんがやってくるのが待ちきれませんでした。

しかし、三カ月後、最初の検診で、私たちの世界は崩れ落ちました。胎児の心音は聞こえてこなかったのです。流産でした。私たちは打ちひしがれました。

二〇〇四年のクリスマスに、夢と悪夢が一度に訪れました。母が再び妊娠し、そして四カ月でまたしても胎児は命を落としたのです。医者によれば、四二歳という年齢は高齢過ぎて卵子が十分に強くないとのことでした。私たちは希望を失い、もう新しい赤ちゃんを迎え入れることはできないのだという事実を受け入れました。

二年経っても、私たち二人は失った赤ちゃんを恋しく思っていました。そして、**「ザ・シークレット」**が私たちの生活にやってきたのです。最初私は、信じていませんでした。母はそんな私にＤＶＤを観させました。最初の五分間で私は画面に釘付けになっていました。何かが私の心の琴線に触れたのです。それから数週間の間、私は笑みを抑えられませんでした。

数週間後、私はビジュアライゼーションを始めました。私は長い間持っていた人形を引っ張り出すと、寝る前にそれを一〇分から一五分ほど抱え、妹か弟となる赤ちゃんが腕の中にいる光景を思い描きました。赤ちゃんの心臓の鼓動が私のものに重なり、その温かさと愛《いと》おしさが私を包みます。さらに私はカレンダーの上に、一七歳の誕生日を迎える二〇〇七年の八月一四日に私は本物の弟か妹をだっこすると書きました。私は知りませんでしたが、母は彼女のカレンダーに、私の父の五〇回目の誕生日である二〇〇七年の九月に六人目の子が生まれると書き込んでいたのでした。

ビジュアライズを始めて数カ月後、私の腕の中には奇跡の妹がいました。彼女の鼓動が私の心音と重なり、温かな顔が私の頬に触れます。妹はその時、いいえ、今でも、美しく完璧という言葉を超えた存在です。彼女は信頼であり、希望であり、そして愛でした。彼女は人生の奇跡です。

さらに、私に起きた別のお話は、**「ザ・シークレット」**がどれほど強力なものなのかを物語っています。二〇歳で、私は不妊の問題を抱えました。**「ザ・シークレット」**で得た知識のおかげで、一八歳のときに店を持つことができたのですが、その経営に奔走していたためです。不妊症と診断されたことは大きなショックでした。私はずっと母親になりたいと思っていたからです。私は仕事に集中しました。しかし、数年経って、たくさんのサイン《兆候》が私の人生に訪れました。私にはさらに別の不妊の問題があると診断されました。今や私は心して自分の人生と向き合わなければならなくなったのです！　そこで私は選択肢を探しはじめ、人生と、たくさんの素晴らしい子どもたちを愛し教える機会を得たことに対して感謝することを続けました。

私は心から正しい道を選んだと信じていました。私は妊娠し一人の赤ちゃんを授かることを思い描きました（預かった子どもではない、私自身の子どもです）。現れはじめた道は、多くの人が辿《たど》るものとは違っていましたが、これが私の進む道であるとわかりました。

私は不妊治療を受けて妊娠することを決意しました。それは困難な道のりで、独りで歩むのはなおさらつらいものでした。たくさんの障害や苦悩がありました。しかし、このトンネルを抜けた先には必ず光が見えると、信じました。私はビジュアライゼーションを続け、ポジティブでいたのですが、ちょっと不思議な体験をしていました。子どもを一人授かった将来を思い描こうとしてもできないのです。見るのはいつも二人なのです。行く先々で、双子が目に入ってきます。ビジュアライズすれば浮かんでくるのは双子でした。私はビジョンボードに双子の写真を貼り、夢への道を前進しました。二巡目で不妊治療が成功し妊娠したと知ったとき、私の胸は高鳴りました。しかしなんといっても最高のニュースは八週目の検診で明らかになりました。赤ちゃんは双子だったのです！　信じられませんでした。この数カ月でイメージしたことがすべて私の目の前で現実のものとなっています。私は一人の子の母親ではなく、双子の母親になるのです。

いま、私の息子たちと過ごす一瞬一瞬がどうしようもないくらいの感謝と愛で満ちあふれています。「信じたものは受け取ることができる」ということを本当に理解することができて非常にありがたく思っています。

アイルランド　アンドレア

ビジュアライゼーションがこれほど強力な理由は、欲しいものと共に在るあなたを心の中に描くことによって、いま所有しているかのような思考と感情が生じるからです。あなたは、宇宙へ向けてパワフルなシグナルを送ることになります。すると引き寄せの法則がそのシグナルを捉《とら》え、思い描いたそれらの場面をあなたの生活環境として返してくれるのです。

なぜマインドは、物質的な物事を変えるそこまで強い力を持つのでしょうか。古代の教えは物質的に表れるすべて、まさにあらゆることは、「マインド」によって形成されていると強調しています。彼らは、すべての物質は実際には「マインドの問題」であると言います。それがマインドによってあらゆるものが変えられる理由なのです。

あなたの子どもを癒す

時として人生は、厳しい試練を私たちに投げかけてきます。そして、親にとって、究極の試練とは子どもの健康が危機的な状態に陥ったときではないでしょうか。これからシェアする体験談に登場する親たちは、子どもたちを癒し、そして同時に彼ら自身をも癒すために、「**ザ・シークレット**」の知恵を用いようとしています。

いのちを取り戻す

何年か前に『**ザ・シークレット**』を友だちからもらいましたが、いつか読まなくてはと思いながらも本は棚の上に放置されていました。ある日ようやく読みはじめてはみたものの、三人いる子どもたちの一人に邪魔されてしまいました。その晩遅く、私は偶然インターネットで再び『**ザ・シークレット**』を見かけたのです。数日のうちに初めて一通り読み終え、夫とＤＶＤを観ました。それから私は「感謝日記」をつけはじめました。私は自分を「そんなことなど起きっこない」という人間から「すべてが私のものになる」という人間へと変えました。

二週間後、夫が仕事で中国に発《た》ちました。私の一番下の子、リアムは生後七週間でしたが、未熟児で生まれました。肺炎にもかかっており、容体は良くありませんでした。二日後、彼は一晩中眠ることができず、血色が悪くなってきたので、私は彼を連れて病院へ駆け込みました。到着したときには、彼の呼吸は止まっていました。非常に悪い状態に陥っていました。腰椎《ようつい》に針を刺して調べたところ、細菌性の髄膜炎にかかっているということでした。

そこから数時間の間に、リアムの心臓は四回停止しました。そして、その度に蘇《そ》生《せい》させなくてはなりませんでした。その時点でドクターからは、彼の容体は重篤で、私の夫に帰国するよう電話で伝えた方がいいと言われました。

恐ろしい時間でした。取り乱すこともできたでしょうが、私は冷静さを保ち、息子は家へ帰れる、そしてすぐに良くなると信じました。最初の夜は、夫の帰宅を待ちながら、母と病院で付き添い、感謝できることをすべてリストアップしました。

私は、迅速に病院にかけつけた私の行動に感謝しました。

私は、息子の面倒を見てくれる素晴らしいスタッフに感謝しました。

私は、夫が中国から戻る一五時間のフライトの間、手伝ってくれた友人たちに感謝しました。

悪いことは一切考えずに、ポジティブなことだけを考えました。そのことが私に力を与えてくれました。実際、私の精神的な強さが増すにつれ、息子の身体も同様に強さを増していきました。私は毎日フェイスブックを更新するのですが、その際にはリアムの状態が悪いとは一切触れず、その日に起きた良いことと感謝することだけを書きました。投稿の最後には必ず「秘密（『**ザ・シークレット**』）」と記しました。

ついに、リアムが十分に回復し家へ帰れる日が来ました。病院スタッフからは、このような喜ばしい状態で病院をあとにすることができることにたいへんびっくりしていると告げられました。彼らは、最初の晩を持ちこたえることができないと思っていたのです。そして私があれほど落ち着いていたことにも驚いていました。医師の一人が、「あなたがいつも抱えてらっしゃる本は聖書ですか？」と尋ねました。私は先生に、私が落ち着いていられた理由、私が信じたものについて話し、そして擦り切れて表紙が外れたその赤い本は『**ザ・シークレット**』というのだと教えました。

私は今も実践しています。普段は、毎晩、素晴らしい一日を過ごせたことを自分に感謝し、次の日を楽しみにしながら、iPhoneのメモアプリで簡単なメモを残します。しかも、「感謝日記」も書いています。

母は昔よく私に「ベッキー、あなたは作り話が好きだけど、作り話が現実になることはないわ」と言い、私はそれには反論しませんでした。しかし、毎晩寝床に入ると、あらゆる素敵なことが私に起こることを考えながら眠りについたものでした。願ったことはほとんど叶っていましたが、つらい時期もありました。『**ザ・シークレット**』を読むまで、良いことと悪いことの両方を引き寄せていたことに気付きませんでした。

新しい私は、天にものぼる気持ちで、そして何だってできます。なぜなら、私を妨げる障害はもはや過去のものだからです。

イギリス　バーミンガム　**レベッカD.**

感謝、信頼、そして揺るぎない楽観主義こそ、レベッカが息子を治すことができた要因です。たとえリアムが最悪の容体であったときでさえ、彼女は感謝することを決してやめませんでした。

あなたも「天から与えられたものを数えてみなさい」という言葉を耳にすると思いますが、あなたがありがたいと感じるもののことを考えるときが、まさしくそれなのです。それは、あなたができる最も強力な訓練の一つです。あなたの人生すべてを好転させてくれるものなのです！

心の底から感謝するためには、静かに座って、あなたが感謝できるものを書き出してみましょう。涙が溢《あふ》れ出るまで書き続けてください。涙が出てくると、ハートのまわりや体全体に一番美しい感覚を体験します。それが真の感謝の気持ちです。

ザ・シークレット　日々の教え

ハッピーエンドで終わった妊娠合併症

二〇一三年の一月、私は妊娠検査で陽性になりました。私にはすでに可愛い女の子がいましたが、夫と私はそこに新しい家族が加わるのが待ち遠しくて仕方ありませんでした。

私の妊娠はとても順調に進みました。一二週目の検診を受けたとき、赤ちゃんの状態はすべて良好なものでした。しかし、二〇週目の検診で、すべてが変わってしまったのでした。超音波検査によって、かなり大きなこぶが赤ちゃんの頭にあることがわかったのです。これはあまり良い知らせではない、技師の表情からそうかがい知ることができました。二四時間経たないうちに、診断を求めて私は専門医のもとへと向かっていました。

別の検査を受け、赤ちゃんの頭のこぶは、液体に満たされた嚢胞《のうほう》であることが判明しました。懸念すべきは、嚢胞が赤ちゃんの脳を圧迫し、重い障害を与える可能性があるということでした。私はすでに、赤ちゃんが動いたりおなかを蹴《け》ったりするのを感じていました。まさかこのような状況になるとは想像もしませんでした。先生は、赤ちゃんが何らかの障害を持って生まれてくることは間違いないでしょうと言いましたが、どれほど深刻な段階にあるのかは教えてくれませんでした。可能性としては、目が見えない、耳が聞こえない、話すことができないということまで考えられます。どれだけ脳が影響を受けるかは、妊娠が進んでみなければ誰にもわからないのです。私は、その場ですぐに中絶してしまうことを提案され、私のような状況になったほとんどの人は、このあとどうなるのか「待ってみないとわからない」という状態に耐えられずに、中絶することを選択すると言われました。

その時点では、赤ちゃんにはなんの異常もなく、脳も正常でした。私は泣き、そして健康な赤ちゃんを出産できるようにするため、『**ザ・シークレット**』を読んで学んだことを使おうと決意しました。私は、ドクターに妊娠を継続させると告げました。

風に乗って飛ばされてきた絵はがきが私の靴の下に舞い込んだのは、中絶を提案され、病院を出た直後、夫と通りを歩いていたときでした。私はそれを拾わなくてはならないという衝動に駆られました。それは白いカードで、黒い大きな文字でこう書いてありました。「妊娠中絶は、やめましょう」あっけに取られましたが、妊娠を継続することは正しい選択だったというサインだと私は受け取りました。

家に帰り、残りの妊娠期間中、私は赤ちゃんが健康に育つことをビジュアライズしようと決めました。私は、金属が赤ちゃんの脳を覆い、嚢胞が脳を圧迫することがないようにしてダメージを与えないよう守っている様子をイメージしました。私は健康な子を出産する様子を思い描きました。赤ちゃんは健康だと言われることを確信していましたから、私は診察を受ける日を心待ちにしていました。赤ちゃんがお姉ちゃんと遊ぶ様子を思い描き、毎日健康な子どもに恵まれたことに感謝しました。

妊娠期間中を通して定期健診は受けていました。私は診察日の度に確信を深めていきました（医者は驚いていましたが）赤ちゃんにはまったく異常が出ていなかったのです。三七週目に受けた最後の診察では、赤ちゃんの頭にある嚢胞は大きくなっておらず、脳を圧迫してはいないと告げられました。そして、健康な赤ちゃんを産めるでしょうと言われました。医師はこの状態がこのような良い結果になる例はあまり見たことがないとも言いました。

愛らしい娘、スカーレット・エミーは二〇一三年の一〇月二日、水曜日に誕生しました。まさに完璧でした。彼女は美しくそして健康な赤ちゃんでした！　関わった医師たちは彼女を見て、脳への影響がなかったことにみな驚きました。最初の診察日以降、赤ちゃんには絶対なにかしらの問題（それがどれほど重大かは誰もわからないもの）が出ると言われていましたが、彼らが間違っていたことが明らかになったのでした。私のポジティブさは、持ちこたえるための強さを与えてくれただけではなく、赤ちゃんにも、何の合併症もなく健康に成長する力を与えてくれたことに疑いの余地はありません。

生後五カ月で、スカーレットは嚢胞を取り除く小さな手術を受けました。そして彼女はその後もすくすく育っています。

彼女の健康と強さは「**ザ・シークレット**」のおかげです。娘を見ると完璧すぎて信じられないくらいです！　奇跡は起きます！

イギリス　ロンドン　エミリー

心臓に穴を持って未熟児で生まれたフランチ一家の息子カイルの生存には信仰もまた不可欠なものでした。

カイルの心臓

息子のカイルは、予定より九週間も早く生まれました。彼は本当にちっちゃくて、だけどとても強い子でした。私が分娩室《ぶんべんしつ》にいる間、息子は肺が未発達のため、泣くことができないだろうと言われました。しかし、数分後何か音がして、「あれは何？」と私が尋ねると、看護師は息子さんですと答えました。あとになって私の夫が、分娩室の外からでも聞こえたよと話してくれました。

カイルにとって、健康までの道のりは長いものでしたが、毎日のように、彼の強さと精神には驚かされました。彼は生まれてから五週間経って、一切のモニターなしで病院を出ることができました。医者たちは驚くべきことだと言いました！

しかし、残念なことに息子の心臓には穴が開いていて、二歳になるまでに処置が必要ということでした。医者が言うには、穴はひとりでにふさがるような大きさではないのだそうです。愛する息子には、心臓の切開手術が必要でした。

私の伯母《おば》は、カイルの心臓に開いた穴がふさがるのをビジュアライズすることを私に勧め、そして毎日「カイルの心臓は健康！　カイルは健康な心臓を持っている！」、こう唱えるように言いました。そこで私は毎日繰り返し繰り返しビジュアライズし、その言葉を唱えつづけました。

私たちが手術前の診察を受けたとき、先生は心電図や超音波などいつものように検査を行ないました。すると、穴は五〇パーセント以上ふさがっていたのです。切開手術に代わるより穏やかな代替手術案という、さらなる可能性と共に、手術は半年間延期されました。私は我が子の健康な心臓をビジュアライズしつづけました。そして、半年後、穴はさらに小さくなっていたのでした。

再び医者は、「待ちましょう」と言いました。私たちは待ち、カイルが成長するのを見守りました。以前は部屋の反対側まで行くのにも息切れしていた息子は、今では一休みするためにスピードを落とすこともせず、全速力で走っていました。私はビジュアライズしつづけ、そして信じました。

最後の診察で、すべての検査が終わったあと、先生が弾んだ足取りで部屋へ入ってきてこう言ったのです。「もう、ここにいらっしゃる必要はありませんよ」穴はふさがっていました。見せてもらったX線写真に写っていたカイルの心臓の穴は、ふさがっていたのです。先生は、これはすごい奇跡だと言いました。あれだけの大きさの穴がこれだけの短い期間でふさがることなど、見たことがないそうです。

「**ザ・シークレット**」の力によって、息子は本当の意味で新しい命を与えられました。

アメリカ　ペンシルバニア州　ドイルスタウン　フランチ　K.

危機的な健康状態の最中に、揺るぎない信念を持って望ましい結果を信じつづけることなどできるのかと、あなたは思うかもしれません。しかし、これらの体験談が示す通り、意図と人間の精神が持つパワーはどんな逆境や困難な出来事よりも強いものなのです。

ペットを癒す

私たち自身を癒し、私たちの子どもたちを癒せる「**ザ・シークレット**」の手法であれば、どんなものであれ、動物たちのためにも使うことができます。もしも彼らの旅路において違った道を進むことになってしまったならば、その経験を覆すことはできませんが、動物はポジティブな思考や気分を受け取ることがとても上手なのです。

巨大な腫瘍が……消えた！

愛犬のジャーマンシェパードが一〇歳の時、動物病院で彼女の肝臓にグレープフルーツほどの大きさをした腫瘍が見つかりました。私は離婚をしたばかりで引っ越しをしなければなりませんでした。ですから、取り乱してなどいられないと自分に言い聞かせました。その当時は「**ザ・シークレット**」の存在を知らなかったため、治してあげようとはせず、気にもかけてやれませんでした。

新しい家を見つけて落ち着くまでには数カ月かかりました。ようやく落ち着いた頃、私は地元の動物病院を探し、シェパードを検査に連れていきました。私は、腫瘍のことには触れませんでした。前に受けた診断が間違いであると期待を抱いていたのです。しかし、新しい先生が私に告げたことも、前と同じこと、すなわち肝臓に腫瘍ができているということでした。獣医の先生は、どのような種類のがんであるのかはっきりさせるため、もっと検査することができると言いました。それはとても「よろしくない」可能性が高いと私は感じました。ジャーマンシェパードの平均寿命は八歳から一〇歳ですから、私の犬はもうすでに先が長くはない年齢です。検査を続けることにそれほど意味があるとは思えません。

私は、助けられる可能性の低い処置でわざわざ彼女に負担を負わせるつもりはありませんでした。

そして「**ザ・シークレット**」に出会ったのです。私は早速ワークに取り組みました。私は毎晩愛犬に向かって彼女がすっかり回復していることを伝えました。腫瘍のことに触れない方が良いと知っていましたから、「腫瘍がなくなった」という風には言いたくありませんでした。最初は、ポジティブな表現にするためにはどう言うのが良いか悩みました。そこで、私は考えました。そして、彼女に話しかけるようにした内容は、すべての臓器が完璧に機能し、消化器官が完璧に働いているということです。私は愛犬に、申し分のない健康体だよと言いました。心の中で、私は彼女が回復したとわかっていました。私はこれを毎晩続け、昼間も思いついたときはいつでも言い聞かせていました。心配はまったくしていませんでしたし、ネガティブな考えはありませんでした。私は彼女が回復したということに心から自信を持っていました。

さて、四カ月後に私は再び獣医師のもとを訪れました。先生は私の犬を診察し、再び彼女を診て、そしてさらに何回も診察して確かめました。先生は、信じられなかったようです。腫瘍はきれいになくなっていたのでした。先生は私にいったい何をしたのかと尋ね、祈ったのだと私は答えました。そう表現した方が理解してもらえるだろうと思ったからです。それを聞き先生はカルテに「祈り」と書き入れたのでした。

アメリカ　カリフォルニア州　**ルシンダM.**

ルシンダは、アファメーションを効かせたいのであれば、犬に対して、彼女（犬）が完全に健康であるかのように話しかけなくてはならないと理解していました。腫瘍の存在にフォーカスすることはそれにさらなる力を与えてしまうだけです。

あなたは自分の人生を闇から光へ、嫌なものから前向きなものへ変えることができます。意識を前向きに変えるたびに、人生に多くの光がもたらされ、その光が闇を取り除いてくれます。感謝や愛、親切な心や言葉や行動は光をもたらし、闇を切り開いてくれます。

あなたの人生を前向きな光で満たしましょう！

ザ・シークレット　日々の教え

最善を信じる

ある日、私が飼う素晴らしい一二歳のコッカースパニエルが餌を食べなくなりました。

こんなことは初めてでした。水を飲むことさえつらそうで、飲み込もうとしても口からこぼしてしまいます。

私は、彼を獣医師のところへ連れていきました。待合室で待つ間、彼は血を吐きはじめたのです。慌てて検査室に駆け込みました。そこで、問題を見つけるために麻酔をかける必要があると告げられました。犬の年齢を考えると、虫歯による膿瘍《のうよう》である可能性が高いとのことでした。あとで連れにくるということで話が決まり、私は動物病院をあとにしました。そして、ショッキングな電話を受けることになるのです。

獣医の先生が電話をかけてきたのは、私の犬が手術台の上にいるときでした。舌の中、そして舌の下部で成長している進行した腫瘍が発見されたのです。それだけではなく、胸部にもしこりがあるとのことでした。先生いわく、それは非常に攻撃的な形態のがんでした。そして、とりえる最良の手段は、このまま麻酔から覚めさせることなく、そのまま眠らせてやることだと言うのです。

私は、ぞっとしました。そして無念でなりませんでした。診断が正しいものだと確信するまで安楽死させることなどできません。獣医の意思に反して、すべてのしこりについて生体検査を行なうよう伝え、必要な歯の治療をするよう頼みました。先生はお願いした通りにしてくれましたが、その間ずっと私は、愛犬を不必要に苦しめ、歯の処置は私の支払うべき金額を増やすだけで、生きてあと二週間の彼はおそらくその恩恵を享受することはないはずという思いに苦悩しました。

愛犬を家に連れ帰ると、家族みんなが打ちひしがれました。その晩、犬はたいへん苦しみ、私は自分勝手だったと感じ、わずかな時間、私は自分がとった選択を後悔したのです。

そのとき、**「ザ・シークレット」**の教えを思い出したのです。

その瞬間から、私は全身全霊で、すべてのエネルギーを次のように信じることに向けました。「この子は感染症にかかっているだけ、がんじゃない。だから回復する」。時間さえあれば、私は、愛犬が健康を取り戻し、元気だった以前の状態に戻ったことについて、何度も何度も宇宙に感謝しました。実際にそうだと信じていましたし、誰かに尋ねられると彼は元気で順調に回復していると伝えていました！

それから数日後に診察を受けたときは、痛みを軽減させてやることくらいしかできないと言われ、鎮痛剤と抗生物質を処方されただけでした。次の週の間、彼が回復しているということを全面的に信頼し、それ以外の結果は考えることさえ拒否しました。

ついに、生検の結果が出たと動物病院から電話がかかってきました。獣医の先生はすべての検査結果が、がんの陰性反応を示すものであることにショックを受けていました。

採取するがん細胞を誤った可能性が高いが、三つの検体全部が陰性になってしまうというのは極めてまれな偶然です、と言われました。しかし、私からしてみれば、偶然でも不正確な結果でもありません。しかも、彼の歯はどれも悪いものはなく抜歯する必要はないということでした。

私は毎日宇宙に感謝しています。愛犬の健康と、憂うつで目に映るすべてが暗く感じられたあの日、獣医の言うことに耳を貸さなかったことに対して。

イギリス　バークシャー州　アスコット　**ジェーンJ.**

幸福は健康の秘薬

もしあなたが、ここからは意識の大部分を幸せな思考に向けると決断すれば、身体の浄化というプロセスが始まります。これらの幸せな思考は与えうる限りの健康増進効果をあなたの身体に与えてくれるでしょう。

幸せにならないことの言い訳にはキリがありません。しかし、もしあなたが「……すれば幸せになれる」と言って幸せを先延ばしにしてしまえば、一生幸せを先送りすることになるばかりか、健康までもあなたの身体から失わせてしまうのです。幸福はあなたの身体にとって驚くべき健康の秘薬ともいえるものです。だから、言い訳をせずに、今幸せになるのです！

心と頭のバランスを**平等に**保つ人生を送ることは、至福の人生を送るということです。心と頭のバランスがとれると、あなたの身体は完全に調和します。そしてあなたの人生もそうなるのです。

ザ・シークレット　日々の教え

健康への鍵

- ある時点で、すべての「不治の病」は治ります。手の施しようがない状態などというものはありません。
- マインドを通した癒しは、従来の医療と併存して効果をもたらします。
- あなたが、良くなることを想像し、感じることができるなら、それは実現されるでしょう。
- もしあなたが、あなたの体調についてネガティィブな観念を持っているのなら、健康改善のためにはマインドを変える必要があります。
- 健康について考え、健康について話し、完全に回復した自身の姿を思い描きましょう。
- たとえどのようなことが心に浮かんだとしても、あなたは一つのポジティィブな思考、そして次のポジティブな思考へと、それを変えることができます。

- あなたの身体と心の健康を維持するためには、ネガティブな思考を信じてはなりません。その代わりに、美しさ、愛、感謝、そして歓びといったポジティブな思考へと心を向けましょう。
- ビジュアライズによって、健康の前向きなイメージであなたの心と体を満たしましょう。
- 幸福はあなたの身体にとって奇跡の秘薬です。幸せな考えに注意を向け、浄化のプロセスを開始しましょう。
- ポジティブな考えや想いは、あなた自身に対してだけではなく、あなたの子どもやペットを癒すためにも使うことができます。

AS ABOVE
SO BELOW AS

もし、とても欲しかったのに手に入れることが
できなかった特定の家や恋人や仕事があったとしたら、
それは十分に良いものではなく、あなたの夢に合って
いないということを、宇宙が知らせているのです。
また、あなたには**もっとすばらしく**、
もっと価値のあるものがあることを伝えているのです。

もっと良いものがあなたにやって来ます……
喜んでください!

ザ・シークレット 日々の教え

第6章　仕事のために「ザ・シークレット」をどう使ったか

「**ザ・シークレット**」の原理と実践によって、あなたは人生で手に入れたいと思うものは何でも引き寄せることができます。ですから、好転させることも、逃げることもできないような「夢も希望もない」仕事は実は存在しません。あなたが打ち破ることのできない「ガラスの天井」もありません。そして、あなたが手に入れることができない「理想の仕事」も存在しないのです。

ポジティブなことに集中し、ネガティブなものは、どんなことであれ無視しよう

もしあなたの人生における環境があなたの望むような状態ではないと、気が滅入《めい》って落ち込んでしまいがちです。しかし、あなたが知っているように、そして世界中の非常に多くの人たちが学んだように、ネガティブな思考はいつでもネガティブな状況を引き寄せてしまうのです。一方、あなたの思考をあなたの欲しいものに集中させ、それを維

持するならば、宇宙の最も強力な力によってあなたが欲しいものを呼び寄せることができます。

どの仕事でもいじめられて

長年にわたって、仕事でのうっぷんがどんどんたまっていました。私はいつも、働くには最悪の雇い主と遭遇しているように思えました。すべては神様のせい。そう私が神様に腹を立てれば立てるほど、物事は悪化し、そして私はさらに神様を恨むのでした。

私が電子装置を使って印刷を行なう地元の印刷会社に勤めはじめた頃、私は周りを見回しては、ここでも同じことの繰り返しなのか、それとも今回こそは違うのかと探っていました。

見た限りでは、どの人も一緒に働くのに最高の人たちに見えました。実際、同僚や上司とも仲良くし、良い時間を過ごすことができていました。その時までは、です。就職して三カ月目、その印刷会社がデジタル印刷の分野に事業を拡大しました。そして、私はデジタル印刷のための電子プリプレスをやってもらえないだろうかと頼まれました。新しい仕事を持ちかけられた私は、「ええ、喜んで」と答えました。

彼らは、誰ともうまくやれない一人を私の上司にしました。彼は私をいじめました。私が昼食をとりに出た隙に、私の椅子の上に酷《ひど》いことを書いたメモを置き、そしてとんでもない数のミスを連発しても、そのすべてを私のせいにしました。

結局、会社は半年で私をクビにしました。

私は自暴自棄になりました。もうおしまいだと思いました。うんざりでした。神様が空の上で私を笑っているのが見えました。私はこれまでにないほど神様を恨みました。

友人から「**ザ・シークレット**」のＤＶＤをもらい、それを観て、初めて、私がどうして、就く仕事のすべてでいじめられるという現実を創造していたのかが理解できたのでした。すべてがとても腑《ふ》に落ちたのです。

あいつから二度とあんな風に話しかけてほしくない、私はどうしていつも一番一緒に働きたくない人の近くになってしまうのだろうか、私には十分な能力がない、クビにならないといいな、私が仕事をよくわかっていないと気付かれたらまずいな、私が「ニセモノ」だとばれなきゃいいけど……こうした思考は、私の頭の中で常に渦巻いているネガティブな思いのほんの一部でした。

私はそれらの思い癖のすべてを書き出し、その中に問題を引き寄せる醜さがあることを発見し、それらとは正反対のポジティブな考えを隣のページに書き出しました。最初のうちは、かえって気分が悪くなりました。そこで、私はこのポジティブな考えを、質問と願望の形にして繰り返すことにしました。「おおらかで道義をわきまえた人たちと一緒に働けるとわかったときどう感じる？」「これまでに稼いだ額以上のお金を稼ぐのはどんな気持ち？」「いつか出版社で働きたい」「そしたら最高だ」「（日付を書き入れ）この日までには働いていたい」

まさに私が書き入れた日付の日に、私は出版社から面接についての電話をもらい、そして仕事を得ることができました。その仕事はもうしていませんが、私の同僚は、これまでに出会った中で最もおおらかで、道徳的で理解のある人たちでした。このような会社が本当に存在するなんて思いもしませんでした。

そして、そうです。私は過去に稼いだことがないくらいの高収入を得ることができました。

未《いま》だに恐れの思考が生じるかと言えば答えはイエスです。しかし、それを受け入れるかと言えば、もはやそうではありません。そうすべきではないことを知っているからです。

以前は、私に選択権があるとは知りませんでした。今では、ネガティブな思考が生じたら、それと正反対の考えに意識を向けます。もしもその時点での私にとって極端すぎて理解が追い付かない場合は、それを、「もしこうなったらどういう気分だろう？」と質問形式に変換します。そしてこれは私にとってたいへん強力な方法なのです。

私はまだ、ポジティブな考え方に完全に熟達したとはとても言えません。時々、私が認めたくないほどの頻度で、何歩か後退してしまうこともあります。

それでも、現在は小さな企業を経営し、過去にはないほどのお金を稼ぐことができています。私の事業は急速に成長しており、次のレベルまで拡大することを考えはじめなければならない段階まで来ています。

みなさんにもぜひ、試していただきたいと思います。本当に効果があります。もし、効果が出なければ、こう尋ねてみてください。「効果があったときどんな風に感じるだろうか？」これは効きますよ。

アメリカ　フロリダ州　**アネット**

引き寄せの法則は作用しないなどと決して言ってはいけません。それは常に作用しているからです。まだ望みが叶《かな》っていないならば、それもあなたがその法則を実践した結果です。つまり、その場合、あなたはそれを手に入れて「**いない状態**」を創造しているのです。その時もあなたは常に創造していて、**引き寄せの法則**もあなたに応《こた》えているのです。

このことを理解すれば、あなたの信じられないほど大きなパワーの方向性を変えて、望みを引き寄せられるようになるでしょう。

ザ・シークレット　日々の教え

何があなたを信じさせるのか？

大学を卒業後、私は何カ月間も、職探しに苦しみました。『**ザ・シークレット**』を何度も読み、映画も観て、それは私の考え方を完全に変え、より良い人生観を与えてくれましたが、それでもなお、私が一番宇宙からもらいたいものである仕事をすでに得ているると信じるのには、とても苦労していました。

ある日、一週間数え切れないほどの仕事に応募しながら返事がもらえなかったあとで、私は突然ピンときたのです。私は楽観的でいるように努め、日記には毎日、就いた仕事への感謝を記していましたが、心から、すでに仕事を得たように振る舞い考えることはしていませんでした。家で座って、ただ求人に応募し、仕事がやってくるのを望んでいるだけではどうにもならないと私は気付いたのです。なぜなら、思考と行動を通して私は自分に対して、私はずっと仕事を探していると言い聞かせていたからです！　私は、すでに仕事に就いているように暮らさなくてはいけないとわかりました。

私は、朝仕事に行かなくてはならないかのように早起きをしはじめました。そして、毎日仕事を探したり、日記に仕事が決まることへの感謝を記したりする代わりに、仕事で日々うまく行っていることにどれほど感謝しているか、そして職場と、そこで一緒に働く人々を愛していることを書くようにしました。出勤する日に着て行く服を考え、給料用の口座を開設しました。

私は、勤めている友人たちと、彼らが仕事から帰ったあとに集まり、これまでなら感じていたような嫉妬《しっと》や劣等感を感じることなしに、彼らがする仕事の話に耳を傾けました。なぜなら、私もまた仕事に就いていると知っているため、何ら苛立《いらだ》ちを感じる必要はないからです。さらに私は、タイプとコンピュータのスキルを磨き直しました。

まもなくして、私はすでに仕事に就き、実行しているようなスケジュールを信じ、実感できるようになりました。

仕事に就いたような「ふり」をしはじめてから約二週間後、ある人が私にぴったりの求人を紹介してくれたのです。面接に向かう前から、私はその仕事を得ることができるとわかっていました。そしてその通りになったのです！

一番驚きだったことは、この仕事に関するあれこれが、日記に書いたそれとほぼ同じようになったということです。現在私は、毎日物事がどのようになってほしいのかを書くようにしており、それはいつも効果があります。

「**ザ・シークレット**」には本当に感謝しています。なぜなら、もしこの教えを学ばなければ、物事はそれが起きる前に信じなくてはいけないと決して知ることができなかったはずです。そして、今のような暮らしは絶対にしていなかったはずだからです。

アメリカ　ニューヨーク州　ロングアイランド　ケイト

初めは、ケイトの行動は彼女の願望に見合ったものではありませんでした。そのために、それは実は彼女が欲しいものを受け取る妨げになっていました。いったん仕事に就いていているかのように振る舞うことを始めると、彼女は本当に信じることができるようになり、信じた結果、彼女は受け取ることができたのです。

もう絶望的な状況にあったとしても、あなたには「ザ・シークレット」があります

高収入で、心から愛していた仕事を解雇されたあと、新たなフルタイムの職を得るまでに、長くて憂うつでつらい一五カ月間を要しました。それなのに、その仕事は将来性がなく、これまでの半分ほどの収入の、私の能力にふさわしくない初心者レベルの仕事でした。その仕事は大嫌いでしたが、「何かいいこと」が起こることを考えながら四年ものあいだ耐え抜きました。ああ、僕はなんと間違っていたのだろう！

「感謝して、波風を立てちゃだめだぜ」、僕が繰り返し唱える言葉《マントラ》はこれでした。仕事がある日のすべての時間が大嫌いでしたが、気持ちを押し殺して、会社内で何か別のことが開けることに、一縷《いちる》の希望を持ちつづけていたのです。

ついに、七五個の求人に応募し、五つの面接に呼ばれましたが、まったく採用されず、僕は終わりました。ある時僕は、成り行きで物事が起きることを許さずに、「自分のために」物事を実現させなければと決意したのです！

「**ザ・シークレット**」の出番です！『**ザ・シークレット**』は、僕にとっての「最後の審判の日」から一年ほど前に読んではいたのですが、ようやくそれを使うことを決めたのです。

僕は日記を作り、平日の間、仕事を楽しんでいるという世界を記録していきました。僕は自分が創造した世界に完全に浸ることにより、「**ザ・シークレット**」のあらゆるテクニックを使いました。感覚の一つ一つを総動員し、毎日その世界を生きました。僕は、オフィスを見ました。コンピュータのキーボードに触れました。大きなマホガニーのデスクから漂うレモンプレッジ（家具用ワックス）の匂いを嗅《か》ぎました。チームとの耳に聞こえる会話に参加しました（僕は、チームのメンバーたちの名前や、身体的特徴、性格まで決めました）。ランチの時間に食べるカルネアサダ・

タコスの味を感じました。ミーティングに出席し、プレゼンテーションを行ないました。僕はそこにいました。本当に「その場」にいたのです！

すると、宇宙が実現させはじめてくれたのです。そして、さらなる面接を引き寄せました。それから二次面接です！　そしてついに、僕が欲しいと思い、楽しむことができるはずと感じていた仕事のうちの二つのオファーをもらい、そのうちの一つを受けることとなったのです！

「ザ・シークレット」：それを、信じよ！　感じよ！　見よ！　触れよ！　生きよ！　期待せよ！

アメリカ　インディアナ州　**ケリー**

ケリーは、彼の暮らす生活とは完全に対極にある人生を現実化させることに専念しました。彼は五感のすべてを使い、自分がそのように暮らしていると心から信じることができるまで、求めるもののあらゆる側面をビジュアライズしたのです。彼は、一秒一秒が人生を変えるチャンスであるということの確かな証拠です。

日々の生活が上手《うま》くいかないときは、一旦《いったん》立ち止まって、意識的に自分の周波数を変えましょう。逆に毎日が順調であれば、それをそのまま続けましょう。

ザ・シークレット　日々の教え

「どうやって」はあなたが気にすることではありません

あなたが人生で手に入れたい他のあらゆるものと同じように、「どうやって」あなたが理想とする仕事や就業チャンスを受け取るかは、あなたが気にするべきことではありません。

宇宙はあなたの望みを実現するために、すべての人々、環境、そして出来事を、あなたには決してまとめることができないような、完全な調和のもとに動かしてくれるのです。ですから、望んだものをどのように受け取るかということについては忘れ、その代わりに、それがすでにあなたの手元にあるかのように感じてください。

二五歳で、本を出版しました！

「**ザ・シークレット**」を観たあと、私は紙にすべての目標を書き出し、机の前に貼りました。

七つある大きな目標のうちの一つは、メジャーな出版社から詩集を出すということでした。

「**ザ・シークレット**」を観たあと二カ月間、私がしたことといえば、ビジュアライゼーションをして、本を出版したときに感じる自信と興奮に満ちた気分を呼び起こすことだけです。

いいでしょうか。心にとめておいてほしいのは、どうすればいいのかはわからなかったということです。私はただ、それをするだろうということだけわかっていたにすぎません。

ほとんどの著名な詩人はこう言うはずです。少なくとも過半数の詩が有名な雑誌に発表されたものでなければ、本の形式で出版できる可能性は薄い、と。

私はそのことを信じないようにしました。ただ、一年以内に、本が出版されてバーンズ・アンド・ノーブルの書棚に並ぶことだけを信じたのです。

ビジュアライゼーションを始めて二週間後、私のもとに有名出版社の編集者から、二カ月前に送りすっかり忘れていた原稿を検討しているというメールが届いたのです！　私は天にも昇る気持ちでした。

それから、私は本の表紙にしたい絵をプリントアウトし、そこに詩集のタイトルを書き加えました。そして謝辞のための一覧表を作り、編集者から私への採用メールを書いて、ベッドの上に貼りました。私は良い知らせを受けたら何をするのか、ひたすらビジュアライズを続けました。教室に行ってシャンパンの栓を抜く、両親に電話をかけるといったことです。良い知らせを受けて行なわれる祝賀会の招待状もデザインし、何人かの生徒には、本を出すのだと伝えました。

まもなくして、見知らぬ市外局番から電話がかかってきました。あの出版社の例の編集者が、私の詩集を出版したいので契約書と詳細を今すぐ送ると伝えてきたのです。

これは効きます!!!!

アメリカ　ニューヨーク州　**マリア**

もしもあなたが、どのように願いを実現させるのか干渉したがって、熱いトタン屋根の上の猫のようにそわそわしているなら、このことを理解してください。方法に関して、宇宙の仕事に一歩でも踏み込んだならば、あなたはあなたの創造をキャンセルしたことになるのです。なぜでしょうか？　それは、あなたの行動は、欲しいものをまだ持っていないということを表現するものになり、その結果、欲しいものが手に入らないという状態を引き寄せつづけてしまうからです。

マリアは、どうすれば職業詩人となる夢を実現できるのかわかりませんでした。しかし彼女は賢明で、それがすでに起きているかのように非常に詳細な行動を取ることができました。それらの行動こそ現実化を加速する行動なのです！

希望

私は長年、自己啓発本の愛読者でした。何年もの間、学んだことすべてをやろうとしてきましたが、ピンとこないままでした。そして数年前、「**ザ・シークレット**」と出会ったのです。これまで何年もかけて学んだことすべてが一か所にまとまり、理解も応用もたいへん容易でした。それは私にとってミッシングリンクのようでした。お願いして、信じて、そして受け取る。これがうまく行ったのです！　これが本質であり、その教えは極めてシンプルなものでした。素晴らしいです。

「**ザ・シークレット**」と出会ったとき、私の人生は破綻《はたん》した結婚生活と将来性のない仕事と共にありました。挑戦することすべてが失敗に終わり、私にはそれがなぜなのか理解できませんでした。なぜなら、私は自分のことをポジティブな人間で、自己啓発に精通した人間であると思っていたからです。

「**ザ・シークレット**」を人生のあらゆる局面に応用しはじめると、すぐに好転の兆しが見えはじめました。

最初に変えたものは仕事でした。私は二〇代の頃、プロの俳優をしていましたが、三〇代になって子どもが生まれると、「現実的な」仕事に就いたのです。惨めな気持ちがしましたが、そんなものだろうと考えました。『**ザ・シークレット**』を読んだあと、私は収入の良い「安定した」仕事を辞めました。何の計画も戦略もなく、ただ信念を持ち、演技への愛と情熱を活《い》かせる仕事を宇宙にお願いしたのです。

三カ月経たないうちに、私は低予算映画の小さな役をもらい、その半年後には、さらに二つの役を得ました。私はより大きなお願いをするようになりました。ストレスのない生活や住宅ローンと生活費をまかなえるだけの大金です。

そして、私は人生を変えるオーディションを受けたのです。それはシンガポールでの一年間にわたる俳優の仕事でした！　私は宇宙を疑いませんでした。ただありがとうと言ってから、待っただけです。そして、それ以降、上昇気流に乗っています。

私はもう酷い結婚生活を送ってはいません。元妻との関係はかつてないほど良好です。子どもたちとも非常に親密な関係を築くことができ、彼らは、私が見せてあげることができるとは想像もしなかった世界を見ています。私は大好きなことをしながら、楽しむために働くことができるようになりました。生活にかかる費用すべては私のために手配されており、私は一銭も払うことなく美しい高層マンションで暮らしています。私の収入は、これまでの人生で稼いだ額よりもずっと多くなり、働く時間はこれまでよりも少なくなりました。

仕事は仕事と感じなくなり、あちこちを旅することができるようになりました。

私は何歳も若返った気がします。これまでよりはるかに幸せで、ストレスはほとんど感じません。いつだって!!

私も、これらすべてを手に入れることができると、心からは信じることができなかった人たちの一人です。これは、私以外の運のいい他の人たちに向けたものだと思っていました。しかし、今や私は熱狂的な信者です。

ロンダ・バーンと、この私の人生に与えてくれたすべての恵み、物質的な恩恵だけではなく、形のない、精神的でスピリチュアルな恵みについて、宇宙に感謝したいと思います。

シンガポール　ダレル B.

ダレルは、どのようにそれが起こるのかまったくわからなくても、欲しいものすべてを受け取りました。次のお話に登場するローランドも同じです。この他に、彼らに共通しているのは、何が欲しいのか明確な意図を持ち、そしてそれを手に入れることができるという揺るぎない信念があったということです。

意志のあるところに道はある！

まず、世界に「**ザ・シークレット**」をもたらし、これがなければ決して「秘密」を見いだすことはできなかった私たちにも身近なものとしてくれた、「**ザ・シークレット**」のチームに感謝の意を表したいと思います。

お話は私が一二歳だった時から始まります。私はずっとロサンゼルスに住んでプロのドラマーになりたいと思っていました。演奏だけで実際に食べていけるミュージシャンは一パーセント以下です。私は、自分が住んでいた町でも、そこそこの成功は手に入れましたが、アルバイトをしないで、音楽一本で生活できたことはありませんでした。私はいつもロサンゼルスは自分の住む町だと感じていました。そこでは音楽産業が盛んで、太陽がほとんど年中輝いています。

私はお金の心配をしたことがありませんでした。必要なときにはそれなりのお金があったことを思えば、自分では気付かないままに、「**ザ・シークレット**」のいくつかの法則をある程度、使っていたのだと思います。しかし、「**ザ・シークレット**」を観て以来、私はこれまでよりも一層、力を発揮できるようになりました。オーディオブックを購入し毎日聴くようになり、できる限りのことをしました。私は「**ザ・シークレット**」のあらゆる側面を学び、そのすべてを実践しました。

三カ月前に私は仕事を辞めました。心の中で、それは正しいことだと感じました。お金のことはどうするのか、ここからどこに向かおうとしているのか、私には見当もつきませんでした。それでもなお私は、非常にリラックスしていて、どんなこともうまく行く、すべては解決すると確信していました。結果として、臨時の仕事が現実化し、二カ月で、これまでに稼いでいた以上の額である一万ドル以上のお金が入ってきたのです。

その仕事が終了すると、次に何をすべきか、次の給料はどこからやってくるのか、まったく当てがありませんでした。そんなとき、ＬＡで運営している船旅会社から電話を受けました。彼らの船で行なう新しい公演のために我々のバンドを使いたいとのことでした。私たちは、ＬＡを拠点に、彼らの大きな制作スタジオで働くことになったのです。

私がやっていたことといえば、いい気分を保ち、ＬＡで暮らし、ミュージシャンとして働き、豊かで成功している自分の姿をイメージしていただけでした。すべてのものが、一つずつ、私には想像もできなかった方法で揃っていきました。その実現の仕方にはただ驚くしかありません。そして、これは始まりに過ぎないと心から感じました。

「**ザ・シークレット**」のオーディオブックを聴くだけで、幸せでとてもいい気分になり、目には涙が浮かびます。うまく言い表せません。仮に私が学んだものは、人生の見方とよりポジティブに考える方法だけだったとしても、それだけで素晴らしい贈り物です。しかし、これはそれ以上のものなのです。本当に感謝しています。

カナダ　ナナイモ　**ローランド** C.

「**ザ・シークレット**」を学ぶことによって、ローランドは、自分は望む仕事を引き寄せる内なる力を持っていることを知りました。私たちに限界はありません。私たちはみな、何でも手に入れ、何にでもなることができ、何でもすることができるのです。私たちはただ、本当に欲しいものは何かを知り、それをお願いするだけでいいのです。

時として、どのように欲しいものが手に入るのか、疑問に思ったとしても仕方がないような場合もあるかもしれません。次に紹介するこの女性にとっては、もっともなことでしょう。あるダンスオーディションで求められた条件がすべて、彼女がその仕事を得ることは不可能であることを示していたにもかかわらず、彼女は自分のために「**ザ・シークレット**」を使おうと決心したのです。

大胆不敵なオーディション

実は、『**ザ・シークレット**』を読んだあとは、少し疑っていましたが、誰かから電話がかかってくるとか、電車を乗り過ごさないで済むとか、小さなことから試してみることにしました。そして、相変わらず、単なる偶然ではないのだろうかと、完全には確信が持てませんでした。そこで、何かもっと大きなことで試してみようという気になったのです。

私のエージェントが、コマーシャルに出演する女性ダンサーの募集について電話をかけてきました。彼女は、私にこの仕事を紹介したいと考えていましたが、しかし――この「しかし」はとても大きなしかしです――彼らが求めていたのは金髪の白人でした。私は黒人です。ですから、なぜ彼女がわざわざ私に声をかけたのか不思議に思いましたが、とにかく行ってみると私は伝えました。

そのことについてはあまり深く考えないようにして（仕事をもらえなかったらとてもがっかりするので）、私はオーディションに向かいました。そこにいたのはみんな白人でした。そこに座っている間、私はその仕事が、本当に、本当に欲しくて仕方がないということに気が付きました。ということは、「**ザ・シークレット**」の効果があるかないかを確かめる絶好の機会です！　私は、この仕事を得て、自分の姿をテレビで目にする光景、みんながおめでとうと言うために電話をくれる様子、そしてこの仕事が他の仕事に繋《つな》がっていく様子をイメージしはじめました。順番が来て、キャスティングディレクターの前に立ったとき、私は完全に自信を持っていました。私は、思い切り自分を出し切ってそこをあとにしたのです！

帰宅の途中、私はずっとこの仕事のことを考えていました。家へ着いた私は、コマーシャル商品の名前をポスターに書き、洋服ダンスに貼り付けました。それから、仕事をもらうところ、そしてその知らせを受けた私はどう反応するかをイメージしつづけました。

次の日、他の仕事中に、エージェントから電話がありました。「いいニュースがあるの」彼女はすべてを言う必要はありませんでした。私は彼女がなぜ電話をかけてきたのかわかっていたからです。私が選ばれたのです！　私は天にも昇る気持ちでした。この仕事は私のものだと自分に言い聞かせていたとはいえ、やはりそれを知らされたときは感激でした。

いま私は、もっと大きな望みを持てること、そして未来を切り開けることを知っています。本当にワクワクします！

イギリス　ロンドン　K.

理想の給料を創造しよう

次のお話で、ヤーナは仕事だけでなく、給与についても特定のものが頭にありました。そして、彼女は望んだものを引き寄せるためにアファメーションの力を活用しました。

仕事

非常に収入のいい仕事をクビになったあと、私は非正規の仕事を転々とし、やがて完全に無職となりました。そしてやっと、常勤で時給一〇ドルのパートタイムの仕事を得ました。そして、勤務開始後たった二日で、私の勤務時間が週二〇時間から一〇時間へと半減されることを告げられたのです。週に一〇〇ドルでは暮らせるはずがありません。

私はその日悲しく落ち込んだ気持ちで、仕事から歩いて帰りました。アパートに入ったとき、座り込んで定職とより多くのお金なしにどうすればいいのか心配する以上の気力はなかったにもかかわらず、**「ザ・シークレット」**を観なければという、どうしようもないほどの衝動に駆られたのです。映画を観たあと、私は日記を取り出し次のようなアファメーションを書きました。

「数日中に私は、家から歩いて通うことのできる距離に、素晴らしい管理職の仕事を得ることを現実化させます。その仕事で私は年収三万ドルを稼ぎます。一緒に働く人たちは、楽しくて心優しく協力的です。行なう仕事は面白いと感じており、同僚や上司からはとても感謝されています。私は毎週月曜日から金曜日までの間に、定刻、あるいは早めに、週払いで給料をもらい、毎日この仕事に行くのを完全に楽しんでいます。私は、たった今私の完璧《かんぺき》な新しい仕事を現実化してくれた包括的で明確なプロセスに感謝します」

私はそのアファメーションを翌日一日中唱え、それを口に出すと喜びを感じました。

この新しい仕事のことを考える度に、ワクワク感が押し寄せてきました。とても興奮したのです！

その日の仕事中、私の携帯電話は鳴りつづけていました。私は三件の相次ぐ電話を逃してしまいました。すべて同じ番号からの着信で、数分以内にかけ直されています。休憩時間中に、メッセージを確認し、着信が数年前に登録した派遣会社からのものであることがわかりました。

電話を折り返すと、受付の人は、次の日から始まる予定の私向けの仕事があるので、連絡を取ろうとしていたのだと言いました。その仕事の給与は、私がアファメーションでお願いした通りの額であり、私が彼女に勤務地を尋ねると、私が住む場所から徒歩五分のデザイン事務所であることが判明しました。その上、それは正社員としての仕事だったのです。

私は、アファメーションを書いた二日後に働きはじめました。初日から、現在に至るまでそれは、素晴らしい仕事です。

アメリカ　メリーランド州　ボルチモア　**ヤーナ F.**

ヤーナのアファメーションには、新しい仕事と新たな給与をすでに受け取ったものとして感謝する言葉が含まれています。感謝は、貧困から豊かさへとあなたを連れていってくれる橋なのです。たとえ多くの額ではなくとも、あなたが持っているお金に感謝すればするほど、あなたはより多くの豊かさを受け取ることができます。そして、お金について不平を漏らせば漏らすほど、あなたは貧しくなるのです。

いちかばちか！

ジャーナリズムの仕事を始めた頃、家族は僕を惜しみなくサポートし、目標を追い求めるために必要な力を与えてくれました。僕は地元の雑誌出版社に就職しました。給料は少ないものの将来性のある仕事でした。僕の収入は家賃を支払う額しかなく、両親がその月をどうにかやっていくだけのお金を出してくれていました。

しかし、数カ月が経ち、父は私の分の支払いを負担しつづけることに嫌気がさしはじめたようでした。そして、それをあからさまに態度に表すようになりました。父が僕にもっと自立してほしいと思っていたことは理解できます。しかし、僕は次第に自暴自棄になりはじめました。僕だって家族を幸せにしたいし、独り立ちして、できるだけお金を稼ぎたい。自暴自棄はその年の終わりが近づくにつれて絶望へと変わり、僕は約束されていた昇給への期待までを捨ててしまいました。そして、僕は、悪いことだけを想定するようになりました。そして、その結果はどうでしょう？　自分で想定した通りのものを受け取ったのでした。

僕の絶望はいつも気分がすぐれず疲労感を感じるというところまで来ていました。物事が悪く見え、僕はすべてから逃げ出せればと考えるようになりました。その頃、僕の状況に気付いた友人が、唐突に「**ザ・シークレット**」のことは知っているかと尋ねてきました。彼女はＤＶＤをプレゼントしてくれて、試してみなさいよ、と言いました。自己啓発のアドバイスにはそれほど関心を持っていませんでしたが、僕はその夜すぐにＤＶＤを観ました。その映画の中でみんなが言っていることが、僕にまったく当てはまっていました。僕は思考を通して、悪いことが起きるように自分でしていたのです。その夜、僕は泣きました。それは悲しみの涙ではなく喜びの涙でした。僕はきっと良くなれると確信したのです。

僕はその夜から「**ザ・シークレット**」を使いはじめました。良い考え方をするようにしたのです。豊かさと幸せについての思考です。健康や友人たちの愛、そして今の仕事についても、これまでの人生では意識したこともなかったものについて宇宙に感謝しはじめました。

一二月の末に、部長が僕をオフィスに呼び出し、昇給する見込みであると告げました。

昇給する額はわずかで、出費のすべてをまかなえる額ではありませんでしたが、僕は部長と宇宙に感謝しました。なぜなら僕は、お願いし、信じ、そして受け取ることが始まったとわかったからです。

一月の上旬に、僕は宇宙へ、今や十分可能であると確信したことをお願いしました。

月収が二倍になるように頼んだのです。それがどのようにして実現するかは見当もつきませんでしたが、僕はただそうなることを信じました。宇宙は、すぐさま仕事に取りかかってくれました。それが起きている様子を観ることはできませんでしたが、心の中で確信していました。

四カ月たった四月に、同じ会社で別の雑誌の担当へと異動するよう頼まれました。そして、どうなったと思いますか？　給料もその時点での給与の二倍になったのです。僕が信じたからだとわかっていました。そして、僕は思ったのです。そうだ、一回効果があったなら、また効果があるはず。僕は、新しい給与をさらに二倍にしてくれるように再び宇宙にお願いしてみたのです。信じられないでしょうが、四カ月後、デジタル部門の部長が彼のチームに加わるように伝えてきたのでした。そして、その給与は？　ご想像通り、その時の給料の二倍だったのです。

「**ザ・シークレット**」は僕の人生を完全に立て直してくれました。あの一年は、僕が「そう望んでいたように」、悪い年となり、次の年はビジュアライズして信じた通りの良い年になったということが信じられません。今では毎日が贈り物です。僕は自分が特別で唯一無二な存在であるということを知っています。宇宙は僕の友だちであり、自分の考えに応えてくれるのです。僕の体験談は「**ザ・シークレット**」が本当に効くということの証拠です。

さて、あなたは、僕が再び給料を倍にしてもらったのかなと気になっていることでしょう。いいえ。僕は豊かさと幸せをお願いしました。そしてそれこそが毎日受け取っているものなのです。

ケニア　ナイロビ　**アラン**

アランは受け取りたいものだけではなく、すでに持っているものについても宇宙に感謝しました。そして、どのように実現するのかについては気にかけることなく、また、引き寄せの法則の働きに手を貸そうとするのではなく、すべてお任せしたのです。

素晴らしいコンビネーション

数年前、私が勤務する小さなカイロプラクティックオフィスの従業員たちの間で、売り上げが落ち込んでいることが問題となりました。三年間、昇給した者は一人もいません。何かを変える必要がありました。私たちは仕事を愛していました。しかし、生活費が上昇するにつれて誰もが新しい仕事や副業を探しはじめていました。

職員たちは、ドクターたちが居合わせないときに集まっては、昇給について話し合いました。

それを実現させるためには、オフィスとしての目標を設定し、ドクター全員のスケジュールを埋めなければならないとわかっていました。私たちは、週単位、そして月単位の目標から着手しました。それらの目標が定まると、二五パーセントの昇給で、過去数年の昇給がなかった分を埋め合わせることができることがわかりました。しかし、何よりも、私たちはどのくらいすぐに昇給してほしいのかということを決める必要がありました。

私たちは、通常は昇給の見込みのない時期である一〇月一五日をその日に決めました。

私たちは計画を実行に移しました。「二五パーセントで良い生活！」という合言葉を作り、それぞれのデスクに貼りました。毎日、ドクター全員のスケジュールがいっぱいになっていることにフォーカスしました。もしスケジュールが完全に埋まっていなくても、私たちは「常連の患者さんをあと一〇名と、新規の患者さんが二名必要だね」のように言いました。そして、案の定、電話が鳴りはじめたのでした！　まもなくドクターたちは、一日の終わりにどれほど疲れているかを愚痴るほど忙しくなったのです。

一〇月の初めに、目標と感謝のリストを再確認するために、職員たちで再度集まりました。みな、次のオフィスミーティングは我々の目標とそれらの結果を発表するための最高の機会になると思いました。ミーティングの日、私たちの準備は万全でした。しかし、ドクターたち側の議題がたくさんあったため、プレゼンテーションは見送らなくてはなりませんでした。私たちはがっかりしました。一〇月一五日まではあと二日しかありません。しかし私たちは引き続きフォーカスし「二五パーセントで良い生活！」と言いつづけました。

さて、一五日がやってきて、そして過ぎて行きました。私たちの次の給料日が近付いてきて、ドクターたちは会計士に会っていました。数日後、上司が私に会いたいと伝えてきました。なぜなのかまったくわかりませんが、彼女が開口一番発したのは、私たちの仕事ぶりが素晴らしかったということでした。そして、私たち全員が昇給すると伝えられ、それは一〇月一五日に遡《さかのぼ》って適用されるということでした。一名を除いて全員二五パーセントの昇給、そして、一名だけ二〇パーセントの昇給というのはその上司でした。その上司に、オフィスのために設定した目標と私たちのための二五パーセントの昇給を達成するために私たちが「**ザ・シークレット**」を使ったと告げたとき、私の目は涙でいっぱいになりました。

私たちは、自分たちの仕事を守り、収益を増やし、オフィスの士気を高めました。現在、職員たちは集まっては話し合い、「**ザ・シークレット**」を使って私生活を向上させ、さらには、患者さんたちにも希望すればいつでもオフィスからＤＶＤを借りても良いと勧めています。

アメリカ　ワシントン州　ロレッタ

二名以上の人が、同じ願望を引き寄せることにフォーカスしたとき、非常に強い力が生まれることは疑いの余地がありません。各々が、素晴らしい取り合わせを生み出すためのエネルギーと信念をもたらすためです。

ロレッタの体験談を参考にしましょう。もしあなたが、何人かのチームで働いている場合、みんなにとって利益をもたらす共通の望みに共にフォーカスすることができます。あなたたちが一緒に何を成し遂げられるのかを想像してみてください！

最終的には、あなたは欲しいものはどんなものであってもあなた自身で創造する力があります。しかし、私たちが他者と手を取り合ったとき、信念の要素を増大させ、現実化がとても早く起こるということです。

あなたが大好きなことをやろう

私がこれからシェアしようとしている体験談の登場人物たちにとって、大好きなことができるということが最も大きな願いでした。何人かの人たちにとっては、お金もまた重要なものでしたが、残りの人たちはただ、夢を追っていけば、宇宙が彼らに必要なお金を届けてくれると信じていました。このことを示す完璧な実例は、今から紹介するダラスのお話です。

新しい人生までの二週間

ずっと夢のような生活を送っていたのに、気がつくと私は二年間も路上生活を送っていました。このとき、私はほとんど引き寄せの法則を見限っていました。私はすべての人たちに見捨てられたと感じていました。それは冬の最中で、私には行く場所も行く当てもありませんでした。だから私は、仕事を探しながら国内を旅していましたが、うまくは行きませんでした。

引き寄せの法則を使えば、三〇日で人生を変えることが可能であると聞いたことがありました。そこで私はそれを思い切ってもう一度試してみることにしたのです。

「ザ・シークレット」からの知恵は、毎日の読書と聴くべきものの一部となり、私はそこで聴いたことすべてを実践しました。私にはなんでもありませんでした。私は仕事が「必要」でした。どんな仕事でもかまいませんでしたが、自由を与えてくれる仕事、たくさんの動きの中心にいることのできる仕事、働きを評価されながら会社の拡大に貢献できる仕事を私は「望んで」いました。それが私のところへやってくるのだと確信しながら、私はとても幸せでした。そのように感じる限り、それはそうならざるをえないのです。

二週間のうちに、思いがけない出会いによって、私はラジオＤＪの仕事を手に入れました。七カ月後、私は広告収入を二〇〇〇パーセント増加させ、アーティストの資金集め（ＣＤのセールスやコンサートに依存せずに）を助けるための、新たな部門を立ち上げました。私は新進気鋭のアーティストのマネージメントを行ない、業界内で頭角を現しつつある才能を支援することを目的としたアーティストたちとの共同会社を設立し、そして、現在はビジネスパートナーと共に衣料分野の仕事を展開しはじめています。上司は私の仕事ぶりを気に入ってくれており、私は局で一番のＤＪと呼ばれています。これはまさに私が意図した通りのことです。

今、私は理想の仕事を手に入れ、とても幸せです。そして私がいるこの地位に感謝しています。素晴らしいことが繰り返し私のところへやってきており、私はより大きくより良い夢を摑《つか》もうと手を伸ばしています。

もし**「ザ・シークレット」**を疑っている方がいたら、私を信じてみてください。**「ザ・シークレット」**は効きます。

カナダ　マニトバ州　ウィニペグ　**ダラスC.**

ダラスはお金が必要だとわかっていても、第一の願いは彼が大好きなことをすることでした。その結果は？　彼はその両方を手に入れたのです！

たとえ、あなたが最も望むものを届けてくれるため、宇宙の準備が整ったと感じても、ふと疑いが忍び込む瞬間があるはずです。これは特に、夢を追うために安定した仕事を辞めた場合に起こりえる結果を考えるとき、生じることではないでしょうか。

もしもあなたが、疑いを抱いていると気付いたなら、あなたが正しい決断をしたという証拠を見せてもらえるよう、宇宙にお願いしましょう。覚えておいてください、あなたは何でもお願いできるのです！

次のお話の中で、ヘレンは仕事を辞めようとする直前に、深刻な疑いに苦しみます。そのとき宇宙が介入し、彼女が下した決断に沿って彼女を助けるために、いくつか技術的なことを動かしました。

宇宙からのメール

『ザ・シークレット』は最初、何年か前に同僚から勧められたのですが、当時、不幸にも数ページ読んだだけで、私はこの本を読むことが私の人生に与える影響を恐れ、ネガティブな状態になっていました。今となっては、なんて馬鹿げているのだろうと思います！　幸いにも、友人から再び本を勧めてもらい、今回は学ぶ気満々でした。

各章を読んで、どれだけ嬉《うれ》しくワクワクしたか言い表すことはできません。それは目まいを感じる程でした。そして、読後たった一日で、私はとても大きな、人生を変える程の決断をしたのでした。

　私は、フリーランスのイラストレーターになってフルタイムで働くために、パートタイムで働いていたデザイナーとしての仕事を辞めることを考えていました。思い出しえる限り、ずっとそのことを夢見ていましたが、私は融資を受けていたため、定収入を失うことは気が進みませんでした。私は自分に、十分な貯蓄ができるまで待たなくてはいけないと言い聞かせつづけていました。それがなすべき正しいことだと、私の直感は叫んでいたにもかかわらず、とても怖かったのです。

　これまで私は、ひどい雇い主にストレスいっぱいの職場環境、そして度重なる解雇と、仕事にまったく恵まれていませんでした。心の奥底では、独立するように背中を押されているのだと感じていました。しかし、私は、自分と家族をがっかりさせることをとても恐れていたのです。

『**ザ・シークレット**』を読んだあと、これはどうしてもやらなくてはいけないと私は確信しました。そして、不思議なことに、今度は何の疑いも抱きませんでした。私は成功すると知っていたのです！

しかし、いざ職場に辞表を出そうとすると、これまでのような疑いの気持ちが戻ってきたのでした。職場へ向かう電車の中で、私の心はモヤモヤし、私がしようとしていることは正しいことなのだろうかと自問しつづけました。もしかしたらこの判断は軽率ではないのか、自分勝手ではないだろうか、お金のことはどうすればいいの？　等々。宇宙が介入し、大きな一突きをくれたのはそのとき――まさに私が怖気《おじけ》づいてしまいかけたときでした！

こうした恐れの思考が私の頭の中を駆け巡っている間、ふとiPhoneに目を落とすと、三七件の新着メールが届いていると表示されていました。朝の非常に早い時間でしたし、数分前に確認したときには一件もなかったので、とてもおかしなことだと思いました。

しかし、私がすべての「新着」メールを見ると、まさにすべてのメールの差出人は「私」だったのです！　それは、私が過去五年間にいろいろな人たちへ宛てて送ったメールでした。すべてのメールが一度に受信箱へ入り、そしてそのすべてが同じ要件に関するものでした。

それらのメールのすべては、仕事を辞めて独立したいという内容のものだったのです！

私が読んだ最初のメールは、三度目に解雇されたときに、リクルートエージェンシーに送ったものでした。私の目に飛び込んできた最初の文は、「天が私に何か伝えようとしているのだと思います」というものでした。それを読んだ瞬間、背筋に震えが走りました（これを書いている今もそうです）。私は言葉を失いました。リクルートエージェンシーへのメールはあと数通あり（どれだけ解雇されたのか思い出します）、それぞれの上司のために働くのがどれほど嫌なのか不満を述べるものや、かつてフリーランスで参加してとても満足だった絵本のプロジェクトに関するものもありました。しかし、現在のエージェントになる前に送った最も古いメールは、どれだけフリーランスのイラストレーターとして働きたいのかを伝え、私を紹介してもらえないかと尋ねる内容でした。私は、携帯電話はおろかＰＣのどこにもこれらのメールを保存してはいません。送ったことさえ覚えていませんでしたが、「新着」のメールとして、他のすべてのメールと共に、一斉に受信箱に現れたのでした。

私はそのとき、誰かが私が正しいことをしており、すべてはうまく行くということを伝えようとしているのだと気付きました。私は一日中笑みを抑えることができませんでした。そして、私は躊躇《ちゅうちょ》することなく辞表を提出したのでした。

二カ月後、私は、これほど忙しいことが信じられませんでした。請求書の支払いができるだけのお金が稼げないかもしれないと疑っていたのに！ **「ザ・シークレット」**のウェブサイトにある小切手へ、初年度の理想の収入を書き入れたときには、どう考えたって手の届かない額に思われました。しかし、その年の最初からの収入を合計してみたところ、まさにその金額を稼ぐことができそうではありませんか！ すでに数カ月先まで予約が入り、それがどんな形であれ私の成功が続くことに疑いの余地はありませんでした。

四年経っても、私は自営を続けています。そして今年、夢が実現しました。私が物語と絵の両方を書いた絵本が出版され、世界中で発売されたのです。

私は、宇宙からあのような大きなメッセージを受け取ることができたあの日をとても光栄に思っています。そして今私は、人生のすべての良いことに対し心から感謝し、素晴らしい未来をビジュアライズして楽しんでいます！

イギリス リバプール **ヘレン**

もし、疑いがあなたの信念をむしばんでいることに気付いたならば、ビジュアライゼーションとアファメーションを通して信念を強化しましょう。それらの代わりに、なにかハッピーになることをするという方法もあります。なぜなら、あなたが幸福感を感じるとき、疑いは消失してしまうからです！　疑いはネガティブな状態です。そして幸福感のポジティブな状態の中にあっては存在することができないのです。

私はどうやって理想の仕事を得たのか

初めて『**ザ・シークレット**』を紹介されたときは、本当に効果があるとは信じていませんでした。ですから、それがウソであることを証明するために読みはじめたのです。

当時私は四年近く、理想の仕事に就こうと頑張っていました。本を読んでいるとき、私はゲームをしようと決めました。まず希望の給料、働きたい国、就きたい役職を書いた給与明細書を作り、鏡に貼り付けたのです。毎朝私はそれを見て新しい仕事場のデスクに着いている自分の姿をビジュアライズしました。そして日が経ってから、今度は、感謝することの一覧表を作り、「私がすることすべて、そして私に起こることすべてに感謝します」と言いました。

それから五日もたたないうちに、私はメールで、ずっと夢見ていた仕事のオファーを受け取ったのです！

「ザ・シークレット」をシェアしてくれてありがとう。

レバノン **ミレイユ D.**

「ザ・シークレット」に馴染《なじ》むにつれて、あなたの信念を強化することができる多くのワークがあること、それによって引き寄せを加速することができることを理解するでしょう。欲しいものをすでに受け取ったかのように振る舞うというのは最も強力な方法です。

役を演じる

しばらく前、私は何もかも投げ出しました。そして、菓子職人の仕事を辞めました。料理学校も退学しました。そして、二年間付き合ったボーイフレンドとも別れました。私はいい人生へのすべての希望をなくし、自分には価値がないと信じていました。

酷いうつで一カ月苦しんだのち、ある朝目を覚ました私は**「ザ・シークレット」**のことを考えました。なぜそれが思い浮かんだのかわかりませんが、インターネットで調べることにし、それがどういうものなのかがわかりました。私はウェブサイトで「**ザ・シークレット**」の映画を鑑賞し、深く感動したため、iTunesでオーディオブックを購入しました。

その間、仕事を探しつづけていましたが、返事はもらえませんでした。しかし、私は「**ザ・シークレット**」を使って仕事を呼び寄せようと決心しました。私は、とても動物病院で働きたかったので、自宅近くにある動物病院へ履歴書を送りました。そこからすべてが始まったのです。

数日後、電話が鳴ったとき、私はアパートの部屋でごろごろしていました。「誰かが仕事のオファーをするためにくれた電話だ」と、私は自分に言い聞かせました。電話の相手は、私が応募した動物病院のマネージャーで、面接をしたいとのことでした。面接中、私は酷く緊張していて、それは傍目《はため》にも明らかでした。それが完璧な面接ではなかったにもかかわらず、私は帰宅後こう書きました。「私は○○動物病院で働いています。そこはイリノイ州のシカゴ、○○○にあります。電話番号は○○○○です」私はこれを、心から信じられるようになるまで数回やりました。

次の日、マネージャーが再び電話をかけてきました。非常に熱のこもった口調で、二次面接をしたいと伝えてきたのです。私は喜んでその申し出を受けました。私はもうその仕事に就いているように感じましたが、今度はいくら稼ぎたいのか決めなくてはなりません。次の面接までの間、すべての予算を書き出し、一定の量の収入にフォーカスしました。日に何度かそれを眺め、すでに私の生活に組み込まれているふりをしました。

面接の間、私はすでにそこで仕事をしており同僚が私の新しい職場を案内している、ということにしました。結局、マネージャーは、採否を決めたら次の月曜日に連絡すると言いました。そして、私はその電話をもらったのでした。彼は採用を告げ、さらに私が予算として書き出してお願いしたのとまったく同じ金額を申し出てくれたのでした。それは最高の気分でした。

目下私は、感謝のワークを実践し、毎日毎瞬、人生を楽しんでいます。いまのところ、その時々で必要なものはすべてお願いし受け取ることができました。それ以外のものが必要になったなら、私はいつだって宇宙に知らせることができるとわかっています。

アメリカ　イリノイ州　シカゴ　**リンジー**

特定の仕事に就くことをビジュアライズすることは簡単です。職場に着き、ドアをくぐる自分を思い描けばよいのです。給与明細を広げ特定の数字をビジュアライズすることは簡単です。昇進の知らせを聞く様子をビジュアライズすることも簡単です。あなたが、今それを手に入れていることをビジュアライズするときは、それを今手にしているように「感じて」ください。それが、現実化のための合図となるのです。

引き寄せの法則はあなたの考えや言葉にそのまま反応します。ですから、あなたがそれは将来起こることだと考えてしまうと、それがこの瞬間に起こるのを邪魔してしまうのです。

あなたは今、それを手にしているように感じなければなりません。

ザ・シークレット　日々の教え

あなたの仕事を創造するための鍵

あなたが本当に欲しいものを自覚し、お願いするならば、あなたは、あなたの内側に理想の仕事を引き寄せる力を持ちます。

もしそれを信じて期待すれば、手に入れることのできない理想の仕事や給与はありません。

あなたが仕事やキャリアに求めるものについて、思考に集中し、その集中を維持してください。

あなたが望む仕事やキャリアのすべての側面をビジュアライズするために、あなたが本当にそれを感じ、そのように生きることができるまで、感覚のすべてを使いましょう。

給与明細をビジュアライズし、あなたが望む特定の額を思い描きましょう。

仕事や就業チャンスをどのように手に入れるのかということは、あなたが気にかけることではありません。

疑いを追い払うためには、あなたを幸せにしてくれることをするか、ビジュアライゼーションやアファメーションを通して信念を強化することが効果的です。

- 現実化を加速するためには、すでにその仕事を手に入れたかのように振る舞いましょう。
- あなたが大好きなことをすると、お金はついてきます。
- あなたは何にでもなれますし、何でもすることができます。――限界は存在しません。

あなたが最高の自分を人に与えると、
あなたの人生に最高のものが返ってきます。
その早さにびっくりすることでしょう。

ザ・シークレット 日々の教え

第7章　人生を変えるために「ザ・シークレット」をどう使ったか

あなたの内側の深いところで、発見されることを待っている一つの真実があります。それは、「あなたは世の中のあらゆる良いことを得るに値する」ということです。あなたの本質はそれを知っています。その証拠に、良いものが不足していると、あなたは不快に感じます。すべての良きことは、あなたが生まれながらにして持つ権利なのです！あなたは、あなたの人生の創造者です。そして、「引き寄せの法則」は、あなたが望むあらゆるものを創造するための素晴らしいツールなのです。

次のお話で登場するジェニーのように、体験談を送ってくれた多くの方たちが、人生が変わったことを感謝してくれています。実は、彼らは自分自身を変えることで人生に変化を引き起こしたのです。「**ザ・シークレット**」を彼らすべてとシェアできることはとてもありがたいことだと感じています。

谷底の一番深い所

「人生を変える必要がある、そうでなければもうやっていけそうにない」。三〇歳の誕生日を迎える前日に私はそう思いました。高学歴にもかかわらず、フルタイムの仕事を見つけることができませんでした。私は独身でしたがそれを望んでいたわけではありません。私は親と同居しており、いつも情けなく思っていました。幸せで満ち足りた生活のためには多くを求めませんでしたが、求めるものさえも決して私には起こらないような気がしました。

『**ザ・シークレット**』が、まさに私の人生を救ってくれました。どん底に落ちたとき、ようやく私は「最後の手段」として、その本へ飛びつき読む気になったのでした。馬鹿ですよね、『**ザ・シークレット**』は「最後の」ではなく、「最初の手段」にすべきだったのです！

変化はたちまち表れました。なぜなら本からとても大きな刺激を受けたからです。私はこの「秘密」が、他になんの効果ももたらさないとしても、少なくとも私を元気づけ、希望を与えてくれたと思いました。

しかし、それは「刺激を与えてくれた」をはるかに超えて、私の人生すべてを変えてくれたのでした。そして、さらに驚くのは、それがまったく思い描いた通りの人生だったことです！

「ザ・シークレット」の練習を実践しはじめてから、二カ月後、私は大企業の面接を受けることができ、ついにずっとやりたかった仕事に就くことができたのでした。その仕事の面接過程で、素敵な男性とも出会いました。彼は私がパートナーに求めるすべてを兼ね備えた人でした。私はやっと実家を出て念願の新しい生活を始めます。私は、望むものはなんでも手にすることができる力が自分の中にあると自覚する代わりに、自分を憐《あわ》れみながら長い時間を無駄にしていました。

この**「ザ・シークレット」**からの素晴らしい贈り物をもらえたことに大変感謝しています。これがなければ、私はどうなっていたかわかりません。

アメリカ　ミシガン州　デトロイト　**ジェニー L.**

一つ一つの質問に対するあなたに必要な答えは、あなたの心の中にあります。ですから、自分で答えを探し出すことが大切です。あなたは自分自身を、そして、自分のすべてを信頼しなければなりません。

ザ・シークレット　日々の教え

あなたが今どこにいようとも、すべて変えることができます

　ここから紹介する体験談の執筆者たちはみな、自らの人生をこう評します。いくつか例を挙げると、傷ついていた、自暴自棄だった、薬物中毒だった、ホームレスだった、惨めだった、めちゃくちゃだったなどです。彼ら全員が、「**ザ・シークレット**」を学び、思考を変えることで人生を変えることができるということを心から理解しました。言い換えれば、それは、自分自身を変えるということです。

鶏のフンからチキンスープへ

　過去の自分を振り返ると、今の自分と同一人物だということが信じられません。私は幸せで、心穏やかに過ごしています。しかしいつもこんな感じだったわけではありません。私は三〇年以上もの間、自分の幸福が目に入らなかったのです。

　幼かった頃、私は父親から数え切れないほどレイプされました。そして、（おそらく逃避のために）てんかんを発症しました。私は社会的なのけ者になりました。

母親は、ずっと精神病院に出たり入ったりを繰り返しており、私の住みかは一時期、市のごみ捨て場にとめた古いステーションワゴンの中でした。食べるものは近くのファストフード店で廃棄されたものです。一〇代になると、私は高校を中退し、薬物に溺《おぼ》れ自暴自棄な行動へと走りました。

私の人生には希望が見えませんでした。私は、たくさん苦しみ、傷ついた敗北者としての役割を生きることが私の運命なのだと信じ切っていました。なんとか大学の学位を取ったものの、その後、私は一つの仕事を三カ月以上続けることができないと気付きました。三四個目（か、それぐらい）の仕事をクビになったあと、私は耐えられなくなり、これまでにないほど落ち込んでしまいました。私はどうにかして人生を良くしようともがきました。プロザックやウェルブトリンといった抗うつ剤や、医者が私を正常にできると思い処方してくれた多くの薬を服用しました。しかし、効果はありませんでした。毎日、私は神様に死なせてほしいと祈りました。

それから私は愛してもいない人と結婚しました。そうしなければホームレスになってしまうと思ったからです。薬物の習慣は断つことができたものの、私は毎日を、眠るかテレビを見て過ごしました――現実から目を逸《そ》らすことができれば、なんでもよかったのです。

私の変容は、姉に促されて初めてキリスト教のある教会を訪れたときに始まりました。そこでの教えは、「**ザ・シークレット**」に書かれているものととても良く似た内容でした。彼らは、私にとってはまったく馴染《なじ》みのなかったこと、例えば「存在するというだけで、あなたは偉大なのです」といった、私が正しい方向に考えられるような意味深いことを教えてくれました。

しかし、「**ザ・シークレット**」を観るまで、本当に深い理解はできていませんでした。ブロックがあった一つの領域（たくさんあったうちの）は、自分自身で生きていくために十分なお金を稼ぐということでした。ある晩、おそらく二三回目の「**ザ・シークレット**」を観たあと、私は立ち上がり、コンピュータの前へ向かいました。そして宇宙に、楽しくて、気持ちがよくなる、高収入の仕事を見つけるために導いてくれるようお願いしました。私は検索エンジンに「フォレンシック」（法廷の）、「ビデオグラフィー」（ビデオ撮影術）という二つの単語を打ち込みました（なぜなら私は、この二つと関係するものは何でも楽しいと感じたからです）。検索結果に表示されたのは、実在するリーガルビデオグラフィー（法廷写真）の一分野でした。私は胸が高鳴りました！　それがどのようなものなのかわからないまま、これは私のためにある仕事だと確信しました。

私は、リーガルビデオグラフィーの資格者となるために必要なステップを踏み、（最低賃金かそれ以下しか稼げなかった時期を経て）最低でも時給七五ドル稼げるようになったのでした！

最近私は、リーガルビデオグラフィーの仕事から、在宅ケアプロバイダーの仕事へ転職しました。より突っ込んでリーガルビデオグラフィーの分野に携わるには、公証人の資格が必要なのですが、私はそれを取るための要件を満たしていないということがわかったからです。だから私は、情熱を感じる別の分野に関わることにしました。お年寄りたちがより良い生活を送ることを手助けする、こういう仕事をして稼ぐ人がいること、ましてや収入が良いとわかっていたら、ずっと前に私がしていただろうというような仕事でした。

そこで、私は新たなビジネスを始めました。高齢者その他、障がい者や手術を受けたあとの人たちなどのために、在宅のケアワーカーやヘルスケアを提供する仕事です。私はこの仕事を愛していました。非常にやりがいのある仕事なんです！　私はいろいろな人に、愛を与えることを仕事にできるなんて、どんなに幸運と感じているかわからないと言いました。

人生の他の分野も変わりました。もはや、気分が良くなるために薬を飲むことなどしなくなりました。毎日、自分自身の力で歓《よろこ》びを味わうことができているからです！　タバコを吸うこともやめました。週に五回身体を動かしており、これにもたいへん満足しています。

かつては完全に依存していた男性とも離婚しました。今では、私はありのままの私であることを愛している、と言うことができます（若い頃は、私は自分自身にやけどを負わせたり、鏡に映った自分に向かって「あんたなんか大っきらい！」と叫びながら、ありったけの力を込めて殴ったりしていました。それほどまでに自己嫌悪が酷《ひど》かったのです。ですから、これは非常に大きなことです）。

ポジティブな心を持った友だちの輪が広がりました。私は人生を愛しています。月曜日も大好きになりました。父親とも和解することができました。些細《ささい》なことに大きな歓びを感じるようになりました。首筋に涼しいそよ風を感じるだけで、幸せだなあと胸がいっぱいになるのです！　今の私の人生がどれだけ素晴らしいものか、とても言葉にできません。

私は、健康で、幸せで、豊かで、自信とエネルギーにあふれていることを強く感じます。心を開いて、信じることができるのを感じます。そして、おそらく何よりも、私の人生のあらゆるもの、あらゆる人たちに感謝を感じています。「**ザ・シークレット**」は私が深く感謝しているもう一つのものです。ありがとう。

アメリカ　カリフォルニア州　K.

幼少期の体験のせいで、私たちは自分には価値がないと思いがちです。あなたが愛と尊敬を持って自分を扱わないならば、あなたは宇宙に、自分は十分に大切でなく、価値もなく、何も受け取る資格もない人間であると、伝えていることになります。そして例えば、三四もの仕事をクビになるなど、人々があなたを良く扱わないというさらなる状況を体験することとなるのです。自分自身に対する考え方を変えることによってあなたの気持ちが良い方へと変わると、他の人にどう扱われるかも変わります。

あなたを取り巻く世界から身近に起きる些細なことまで、すべてが自分の心の波動を反映しています。あなたが出会う人々や周囲の状況や出来事は、その時々の自分の波動が表れた結果なのです。

人生はあなたの心の中にあるものを鏡のように映し出しています。

ザ・シークレット　日々の教え

唯一のチャンス

二九歳の私は、警察官の彼氏と、一卵性双生児の娘メリンダとマデリーンと一緒に、オーストラリアのメルボルンにある素敵な家に暮らしています。

素晴らしいでしょう？　ええ、そうなんです。だけどずっとこのように幸せな人生だったわけではありません。私は崩壊家庭のうつうつとした生活の中に育ちました。両親は私が四歳の時に別れたので、子ども時代は幸せなものではありませんでした。幼い頃に得られなかったものを追い求めていた私は、この人ならば私を幸せにしてくれると思いながら、とても若い頃から恋愛にのめり込んでいました。彼らは、幸せにしてくれる代わりに、ただ私を不幸と失望へと突き落としただけでした。

二四歳になる頃には、自殺未遂までも経験し、私はさらに低い場所へと突き落とされました。私はパートナーと別れ、お金もなく、うつ状態で、母親と暮らしており、そして職歴もありませんでした。

ある日、精神世界を扱った店へ入った私は、オーナーの男性から、**「ザ・シークレット」**のＤＶＤをもらいました。私はそれを持ち帰って観てみました。私はその教えに共感しましたが、ただ「いいわね」と思っただけで、あとは他のDVDと一緒にしまい込んでしまったのでした。

ある日、これ以上耐えられないと感じるまで、うつうつとした人生は続きました。そのとき初めて、**「ザ・シークレット」**を使うことこそ私が幸せになれる唯一の方法であると気付いたのです。私はその教えを本気で取り入れはじめました。私は、人生で手に入れたいものについて、明確に決断しました。ビジョンボードを作り、それらのものがすでに現実にあるように生き、感じ、振る舞うことを始めました。当初、「どうすれば」これらのことが実現するのかという疑いと恐れを無視することが困難でしたが、それでもなお私はしっかりと望んだ生活がすでに現実となっていることに感謝しつづけました。そのために、私は毎日、感謝日記をつけ、すでにそれらのものを手に入れているかのように感謝の気持ちを感じたのです。

当時私はシドニーに住んでいましたが、まったく新鮮な気持ちでやり直すためにそこを離れたいと考えていました。私はまた、満足できる新しいボーイフレンドと新しい仕事も望んでいました。

私はメルボルン出身の男性と出会い、そしてたちまち仲良くなりました。それはあっという間のことすぎて、予想さえしていなかったことでした。彼はメルボルンへ戻らなくてはならず、私はシドニーに住んでいたため、私たちは電話やメールに頼ってやりとりするしかありませんでした。私たちは毎日欠かさず、電話で話し、四週間ほど経ったころ、メルボルンに引っ越して一緒に住まないかと彼が言ってくれたのです。これほど短い期間にもかかわらず、それは正しいことのように感じられたので、私はそうすることにしました。

メルボルンに着いた私は、仕事を求めて職業紹介所に連絡を取りはじめました。仕事に求めるものはすでに書き出してあり、**「ザ・シークレット」**の教えを使っていました。まずいくばくかのお金を得るために、臨時社員の仕事をいくつか経験したあと、素晴らしい仕事が私の前に現れました。それは私が理想の仕事として挙げた条件をすべて満たし、これまでに経験した最も良い仕事でした。

私はまた、**「ザ・シークレット」**のウェブサイトから小切手をプリントアウトし、ビジョンボードに張って、お金を受け取った状態にフォーカスし、豊かであることの心地よさを味わいました。

その後まもなく、父から電話がかかってきました。非常に興奮した様子で、宝くじでかなりの金額を当てたことを教えてくれました。父は、賞金の一部を私に受け取ってほしいと言い、五〇〇〇ドルの小切手を送ってくれたのです！

私はボーイフレンドにも仕事にもたいへん満足していました。メルボルンに住むことも、私たちの家もとても気に入っていました。次に、私が思い描いたのは子どもでした。私は子どもが欲しくて仕方なく、そして、いつも双子の女の子が欲しいと思っていました。

私は雑誌から生まれたばかりの双子の女の子の写真を切り抜いて、ビジョンボードに貼りました。さらに、赤ちゃんの服も前もって買いました。そして、私は常になんでも（赤ちゃんの服は）二着ずつ購入しました。繰り返しになりますが、私は**「ザ・シークレット」**の教えを使って、私が欲しいものはすでに現実となっているという感覚を感じたのです。

メルボルンに移ってから八週間も経たないうちに、私は、妊娠していることを知りました。

始まったつわりは酷いものでした（妊娠初期に気分良くいられることをお願いしそびれてしまったのです！）。そして一二週目に、超音波検診で双子を妊娠していることがわかったのです！

ボーイフレンドは驚いていましたが、私にはこれが**「ザ・シークレット」**の効果であるとわかっていました。

私は、とても健康で幸せな妊娠期間であると書き、そう信じました（実際そうでした）。

お願いしたもの――健康な妊娠生活、三八週目での自然分娩《ぶんべん》、そして双子の娘――は、すべて手に入れることができました。

現在私は、通信課程で社会福祉の学位（これも、私がお願いして、すでに受け取ったと信じているものです）を取るために勉強しています。たくさんの素敵な友だちもできました。私は今幸せで、経済的にも安定しています。たくさんの小さな驚くべき出来事が今も日常的に起こります。そしてそれは生活すべてにおいて「**ザ・シークレット**」を実践しているおかげだと知っています。

「**ザ・シークレット**」は私の人生を変えてくれました。もしあなたがそれを使うなら、あなたの人生も変えてくれるはずです。

オーストラリア　メルボルン　**ベリンダ**

ベリンダは、自分が人生において何を手に入れたいのか、明確に決断すると、疑いや恐れを無視し、人生を好転させ、ネガティブな思考に踊らされるのではなくポジティブさに根差した人となるために、宇宙銀行の小切手から、ビジョンボード、欲しいものを書きとめることや、感謝日記に至るまで、「**ザ・シークレット**」から学んだすべての教えを実践しました。

あなたは自分の思考と感情であなたの人生を創造するのです。自分の思考や感情を抱くことができるのはあなた以外にはいません。

ザ・シークレット　日々の教え

路上生活から「ザ・シークレット」へ

一〇年もの間、私は薬物中毒で、アルコール依存症の売春婦でした。最後の三年間はホームレスとして過ごし、もはや生きていたいとさえ思いませんでした。私が参加していた自立支援のグループで『**ザ・シークレット**』を渡されました。そして、冗談ではなく、「**ザ・シークレット**」を使いはじめて半年後、私の生活は劇的に変化したのです。私はドラッグともアルコールとも手を切りました。娘と家族も私の人生に戻ってきました。そして私は、自立支援グループに参加し、『**ザ・シークレ**

ット』をもらったところで、デイサービスのアウトリーチ・ワーカー（福祉サービス・援助などの訪問サービスをする職員）として雇われたのです。

四年経ちましたが、私の生活は相変わらず驚くべきものです。たった今、メールを開くと、長年求めていた仕事に採用されたことを知りました。三年間共に暮らしている娘との関係は最高で、私の人生は素晴らしいものです。

心から感謝します。

カナダ　ビクトリア　**シーア C.**

すべてはあなたのために起こっています

これまでに紹介した方たちは、困難な幼少期を過ごしました。

他の人たちにとっては、物事は順調にいっているようだったのに、突然、試練が訪れることがあります。そうしたときは、すべて、何もかもが、あなたのために起きているのだと思い出すことが、とても大切です。

嫌なように思えることの裏には、必ず良いものがあります。良いことしかないとわかれば、嫌な状況も良いものへと変わります。

ザ・シークレット　日々の教え

もしかすると、これから紹介するお話のケイトのように、あなたは仕事を失い、それと共に自信まで失ってしまったかもしれません。しかし、原因が何であれ、あなた自身のことをネガティブに考えはじめれば、ますますネガティブなものを引き寄せてしまうだけです。

新たな始まり

それは、私が突然に、あっさりと人員削減のためテレビ局の部長の仕事を解雇されたときから始まりました。一家の大黒柱として、すぐに新たな稼ぎのいいフルタイムの仕事を見つけなければ、家庭は危機に直面するとわかっていました。

私はポジティブな人間でした。しかし、解雇は私に大きな打撃を与え、私は自信を失ってしまいました。業務について人員過剰になっただけで、人の能力うんぬんではないとわかってはいましたが、私が何か間違ったことをしたためだと感じてしまったのです。

職探しを始めて三週間ほどしたときに、私は「オブザーバー」紙で『**ザ・シークレット**』のレビューを目にしました。何か面白そうだったので、発売されたら買おうと心にとめました。しかし、いざ本が出ると、他のやらなければならないことにかまけて、私は本を買わずにいました。

それから「偶然」、明らかに感触が良くなかった面接から帰る途中、誰かが電車に置いていった「イブニングスタンダード」紙を手に取って読みはじめると、『**ザ・シークレット**』からの抜粋が掲載されていました。良い一日ではなかった私には、それが天からの合図のように感じられました。そこで、電車を降りるとすぐに書店へ直行し、一冊購入したのでした。

帰宅するとすぐに私は本を読みはじめ、ビジュアライゼーションに取り組みました。そして宇宙に受け取る用意ができていることを伝えました。五時半に本を読み終えたとたん（まだ本は置いていませんん）、電話が鳴りました。

それは、私が働きたいと思っていた会社からでしたが、電話の相手は個人秘書でも、リクルーターでもなく、取締役副社長でした。翌日の九時半に、彼とそこのCEOによる面接を受けに来てくださいますか、という依頼でした。

私は非常に驚き、興奮して、バス停にいたパートナーに会うために家から駆け出すと、彼に本と電話の一件について一部始終を話しました。家へ帰る途中、しばらく会っていなかった近くのイタリアンレストランで働いている友人が茂みの向こうから顔をのぞかせて、私たちを店へ招き入れると、何の理由もなくシャンパン一本をおごってくれました。

その夜、私は面接までの流れをイメージしました。面接がうまく行き、仕事は私のものになる。流れは順調でした。いつも渋滞する道も空《す》いていました。面接はうまく行きましたが、とても長いものでした。翌日には内定通知が届きました。そして、その中で提案された内容は以前の仕事で得ていた収入と比べて二〇パーセントも高いものだったのです！

私は五年間不満なくその仕事にとどまり、そして昇進しました。**『ザ・シークレット』**は、九年間付き合ったパートナーが何の前触れもなく私のもとを去るまで、本棚に眠ったままでした。私は打ちのめされましたが、心の底ではまだ終わっていないと感じました。

私は本棚から『**ザ・シークレット**』を手に取ってもう一度読み直しました。映画もダウンロードして、通勤の間に毎日鑑賞し、私たちが幸せにやり直せるようビジュアライズしました。

ビジュアライジングはとてもたいへんでした。私たちが離れているのは間違いだと感じたのですが、その理由はわかりませんでした。

私のもとを去って一五カ月経ってから、パートナーが戻ってきました。それは素晴らしいことで、私たちは穏やかにそれを受け止めました。仕事は酷く忙しく、彼は私のためにそばにいてくれました。七週間後、午前一時、私の魂がなぜ彼が家にいるべきだと知っていたのかが判明することになります。

何の前兆もなく、私は心臓発作に見舞われ、心停止に陥りました。

パートナーは救急救命士が到着するまで心肺蘇生《そせい》を行ない、私が三日間も昏睡《こんすい》状態にある間、いつも傍らについていてくれたのでした。彼は私が「すっかり」回復するまでそばにいてくれました。

私にはわかっていたのです。そして彼が家にいてくれることをいつもビジュアライズしていたのでした。私は私の真実に従ったのです。すると、今、どうでしょうか？　またしても**「ザ・シークレット」**は私のために働いてくれたのです。見て、信じて、実現させるとはこのことです。

心停止のあと、変わらなければならないと思いました。相変わらずフルタイムのテレビプロデューサーとして働いており、この仕事を愛していますが、現在、臨床催眠療法士と、認知行動療法のエグゼクティブコーチそしてスピーカーとしての認定を得るための研修も受けています。ずっとやりたかったものの、できるとは思っていなかったものです。

しかし、私は見て、信じて、そして基礎課程と専門課程を受講する時間（夜間と週末）を作るだけでなく、勉強し、実習に参加し、資格を得るための時間も作ることができたのです。

私とパートナーは、一一歳の気難しい猫とたいへん陽気な犬と共に、今も一緒です。

「ザ・シークレット」は効果があります。笑顔でいましょう。悲しんではいけません。感謝の気持ちを持ちましょう。そしてあなたの人生にもっと良いものを創造しましょう。

イギリス　ロンドン　ケイト L.

ケイトが自分の欲しいものをビジュアライズする度に、宇宙は反応して、彼女が求めたものを正確に届けてくれました。彼女のパートナーを家に戻してくれさえしたのです。私たちは他の人が自分の道を選択する自由を阻害することはできません。だから、このことが実現するためには、ケイトのパートナーもまた、同じことを欲していなければならなかったのです。ケイトとパートナーは、まさしく同志だったのです！

人生の岐路からの眺め

自分はかつてどうだったのか、そして現在はどうなったかという体験を人に話したいという、強い衝動を私は感じています。私が現在得ている、私こそが私の物語の創造主であるという理解からくる心の平安は、私の人生を変えつづけており、これからもそうでしょう。私はこれまでには決して感じることがなかったレベルの感謝を経験しています。

私は三一歳で、ヘロインとコカイン中毒から立ち直りつつあります。

三年半前、私は、多くの人の基準からすれば特別な生活を送っていました。最愛の人を見つけ、私が知る限り最も素敵で美しい人物である息子のテイヴィンを授かりました。私は素晴らしい家に住み、二台の立派な車とハーレーダビッドソンを所有していました。私は多くの人がアメリカンドリームと呼ぶ暮らしを送っていたのです。

しかし、そうした素晴らしいものに対する感謝を欠いたことによって、私は「すべてを失った」、あるいは今改めて言うならば「すべてを手放して」しまいました。私たちの誰もが「人はそれを失うまで持っているものに気付かない」という言葉を聞いたことがあると思いますが、私は今このように言いたいと思います。「人は持っているものは知っていても、それを失うまで感謝しない」と。

今当時を振り返ってみると、私はその頃は少しも成功感がなかったことに驚きます。そうです。私は物質的な物を手に入れることはとても上手になっていました。しかし、本当に大切なもの――それらのものを創造した私の力と、私が体験したすべての状況――に対して、感謝する時間を設けたことはありませんでした。私がこれらのものを創造するのをサポートしてくれた人たちにも、あるいは、息をのむような生活を創造するために、文字通り私の目の前に投げ込まれたチャンスに対してもまったく感謝の気持ちを持ちあわせていませんでした。

私はこれまでに愛していた物と、そのために働いてきた物、すべてを手放した結果として得た、この人生の新しい捉《とら》え方に深く感謝しています。いわゆる「ゼロからのスタート」を通してしか、私は自分がどれだけ恵まれていたのか、本当に理解することはできないのでした。

一年間の服役の末に刑務所から出所しました。ヘロインとコカインの所持が見つかり、今や私は重犯罪の前科者です。おわかりでしょうか、私は、人生で出会った人々や物に感謝の念を持たないだけでなく、薬物に溺れていた間に、自分はそれを経験するのにふさわしいと感じていたのです。

服役して最初の六カ月くらいの間、私はほとんどの時間、自分が置かれた状況を他の人たちや環境のせいにして過ごしていました。私の人生が本当に変わりはじめたのは、『**ザ・シークレット**』を読み、変わるためには内面に目を向け、自分の人生の主人になるというその原理に馴染んでからです。この素晴らしい本は、最高のタイミングで、私の人生の一部となりました。私は、まったく異なる二つの道を選ぶことができる、文字通り人生の岐路に立っていました。

四度も過剰摂取で死にかけ、肺塞栓《そくせん》と塀の中での一年を経験してやっと、この素晴らしい本を作ってくれたチームだけではなく、求めた通りのものを私の人生に与えてくれる宇宙にも、私は心からありがとうと言うことができます。たとえ私が求めたものが喜ばしくないものだったとしても、願いは叶《かな》えられました。私は生き延びることができたことにたいへん感謝しています。正しいものを願いはじめることができたことにも感謝しています。

私は、自分の人生――つまり、人生で引き寄せているもの――と向き合う勇気のある人にとって、「**ザ・シークレット**」を使うという素晴らしい体験ができることの完璧《かんぺき》な実例です。

すべての人々が、私が現在感じているレベルの楽観主義と感謝を経験することを願ってやみません。

アメリカ　ユタ州　ソルトレイクシティー　**エイブリーH.**

感謝：それこそが人生を変えるものです

人によっては、感謝は自然と湧き出るものですが、他の人にとっては、引き寄せの法則において感謝が重要な役割を果たすということを理解するのには時間がかかります。しかし、最後には、たとえあなたがどれほど困難な状況にあろうとも、感謝をすることは道を開く助けとなるはずです。

感謝するということの意味を理解する

私はうまく説明ができません。持っているものすべて、そして望むものすべてに対して感謝をするということについて、『**ザ・シークレット**』が本当に意味するところを知りたいと思っていましたが、それができるかどうかは確信が持てませんでした。『**ザ・シークレット**』を購入してから二週間、私は繰り返し本を読みCDを聴きました。そして彼らが何と言っているのか理解すること、そして私の運命を明らかにすることを心から求めました。すでに手にしているものと受け取ることになるものに対して感謝をしなければ、何も受け取ることができない、ということは知りませんでした。

ある朝、目覚まし時計で目覚め、こんなに早く起きなければならないことに少々苛立《いらだ》っていたとき、物事は突然変化しました。即座に、私は気分を幸せなものへと変え、そしてベッドを出たのです。庭を散歩しながら、顔にかかる風やつま先に触れる草を感じ、ありがとうと言いはじめました。宇宙に対して自分の存在を感謝し、私の家、家族、そして屋外で楽しむことができるということを感謝しました。私は、現実化させたいものをも含め、思いつくものすべてにありがとうと言いはじめました。次の二日間も、同じことを行ない、今ようやく私を取り巻くものすべてに深い感謝の気持ちを抱くというのがどういうことなのかを理解しました。

やっていることをやめる必要も、それについて考える必要もありませんでした。ただ、感謝と幸せを感じ、愛が私から放射されていることを感じれば良いのです。かつてはすぐに怒っていましたが、**「ザ・シークレット」**と出会ってからは、何に対してもますます感謝するようになって、腹が立つことはほとんどありません。イライラしたときでも、自分を引きもどして愛と幸福と感謝の周波数に合わせなければ、望むものを受け取ることはできないということを思い出すようにしています。

私の内側で放射され発せられているこの気分――このあらゆるものに対する深い

感謝の気持ち――こそ、私がみなさんに覚えてほしいものです。全世界が輝いています。私は庭の中で蝶《ちょう》が羽ばたいているのをよく目にします。私は、窓の外でさえずっている鳥たちに、髪の間を吹き抜ける風に、欲しいものはすでに私のものであると知っていることに、そしてすべてのことに感謝しています。私はついに、自分を取り巻くものに感謝をすれば内側に平穏と愛を感じることができ、それだけが欲しいものをもたらしてくれるということを理解したのです。

アメリカ　カリフォルニア州　サンディエゴ　**エリザベス M.**

明日を創造するため、今晩、就寝前に今日あった素晴らしかったひと時に思いを巡らし、感謝しましょう。何か違う結果になってほしいことがあったら、その様に心の中で再演しましょう。眠りに就きながら「ぐっすり眠り、起きた時にはエネルギーで満ち溢《あ》れています。明日は人生で最高の一日になります」と口にしましょう。

ザ・シークレット　日々の教え

いかにして感謝が私の人生を救ったか！

私は、不合理な労働時間と仕事量の中で、極めてストレスのある仕事をしていました。

私はすっかり参ってしまい、酷い状況、不安やパニック障害に苦しめられはじめました。目は回り、動悸《どうき》がしました。オフィスに足を踏み入れると、震えがきて、頭痛とパニックに見舞われました。私は友人や家族とも距離を置き、人づきあいも、運動も、セルフケアもやめてしまいました。

私は、不安にとらわれた身体と心をコントロールできないことに耐えられませんでした。不安は完全に私の生活のあらゆる領域を占拠していました。私はとても悲しく、そして逃げ場はありませんでした。そして、私は自らの命を絶つことを計画しはじめたのです。しかし、何かが私を止め、立ち止まって考え直すよう促しました。

「**ザ・シークレット**」を観て、宇宙を深く信頼するようになった私は、『ザ・マジック』を購入するように「呼ばれた」と感じ、毎日の「感謝のワーク」を始めました。

最初はたいへんでしたが、徐々に楽になり、それにつれて私の人生は変化しはじめました。はじめのうちは、変化は小さなものでした。友人から愛情のこもったメッセージをもらったり、ほめてもらったり、外出した際に思わぬ嬉《うれ》しいことがあったりといった感じです。それから、より大きな変化が起きたのです。

一〇日目、事前に何の通知もなく、雇い主から有給の病気休暇という措置を取られ、休む時間を与えられました。二〇日目までに、自分がやりたい職種のビジョンが明確になり、私の専門分野の仕事で素晴らしい就職チャンスが巡ってくるようになりました。私は思い切ってストレスでいっぱいのそれまでの仕事を辞め、そのオフィスに二度と戻りませんでした。

二四日目までに、これらのワークが私の人生を救ってくれたことを確信しました。私は、休息して健康を取り戻すための時間を与えられ、感謝の気持ちを持って考え、宇宙へオーダーするために理想の人生を設計する余裕を持つことができたのです。

私は、リストにあるすべてのものがやってくる途中であるということを信頼し、そして信じています。

私は、衰弱し自暴自棄の状態から、毎日歓びを感じながら目覚め、持っているもののすべてに感謝するまでに変わりました。

『ザ・マジック』を読んで実践しはじめてから二八日目、私は就きたかった仕事のオファーを受けることができました。私の「宇宙のウィッシュリスト」に完全に一致する役職と会社であるだけでなく、給与も、本の小切手に書いたのとまったく同じ額だったのです！　仕事のオファーを受けたときは鳥肌が立ちました。お願いしたすべてのものが、聖なる宇宙によって私のもとにもたらされたことが信じられない思いです。

ありがとう、ありがとう、ありがとう。

オーストラリア　キャンベラ　**オリビア M.**

あなたが望むものはすべてあなたのものになります

次に登場する人たちが発見したように、あなたが望むものは何であれ、宇宙はあなたに残らず手に入れてほしいと思っているのです。

奇跡がいっぱい

「ザ・シークレット」と出会った頃、私の人生はめちゃくちゃでした。

私は、精神的な危機といくつもの痛々しい依存症からの回復途上にありました。加えて、私の人間関係は混乱していました。私と一緒に暮らしている妹は、麻痺《まひ》性の脳卒中と、婚約破棄の痛手から立ち直ろうとしている最中でした。彼女の体重は大幅に減り、毎日、もうだめなのではないかと感じてしまうほど、ひどく弱っていました。

「ザ・シークレット」を初めて観たときのことを覚えています。私は幸福を感じたあまり、泣いてしまいました。子どもの頃はいつも、自分には人生を形成する力があるのだとわかっていました。しかし、私が持つこの神聖な一面との交流は途絶えてしまっていたのです。

あの日から、私の人生はより良い方向へと変わりつづけています。

「ザ・シークレット」を使い、適用することにより、有害な依存症とエネルギーから離れ、美しい街と新居へ移ることができたのです。

それ以降、私は次のようなことに**「ザ・シークレット」**を使いました。

- 収入を二倍にする
- 二三年間にわたるヘビースモーカーから卒業して、禁煙をする
- 悩まされてきた感情障害を治す
- アルコール・薬物・共依存（人間関係依存）から脱却する
- 数年間計画が進行中だった念願のビジネスをスタートさせる

最も重要なのが、私は今の自分を誇らしく思っているということです。痛みを力に変えた人物、愛と人生についての新しい認識を手に、強くて勇敢で本当に楽しげな人物である自分が誇らしいです！

妹もまた順調に回復しています。私はといえば、「**ザ・シークレット**」を使って、愛する人を引き寄せようとしているところです。

宇宙と人生を愛しています。「**ザ・シークレット**」がもたらしてくれた、そして今なおもたらしつづけてくれる奇跡に対していくら感謝してもしきれません。

インド　プネー　L.ラル

あなたの夢をまず、心の中で完全に１００％生きてください。すると、それはあなたの人生に実現します。自分の内面に完全に同調すると、あなたは夢の実現に必要なすべてのものを引き寄せるのです。

これが**引き寄せの法則**です。人生で創造されるすべては、あなたの内面から始まるのです。

ザ・シークレット　日々の教え

一番大きな夢が叶った！

私は二〇年もの間シングルマザーでした。いつもお金の心配をしていました。どこにも旅行したことがなく、また、家を持ったこともありませんでした。一番大きな願いであり、自分への約束の一つが、いつかイギリスに旅行するというものでした。私は北米から出たことがなく、最初の旅行はロンドンにしたかったのです。

私はまた、家を所有したいと思っていました。そして、経済的な安心感を得て、心穏やかに過ごすことを求めていたのです。しかし、何年経ってもこれらのことが実現する見込みはありませんでした。

そんな時、**『ザ・シークレット』**に出会ったのです。私はとても気に入りました。なぜならそれは私を元気づけ、状況をすっかり好転させることができるのではないかという希望を与えてくれたからです。私は『ザ・パワー』と『ザ・マジック』も購入しました。

そして、大好きなことに集中し、毎日感謝する練習をしました。

私は、身体と心と精神を、愛と感謝そして人生を好転させることができるという信念で満たしたいと思いました。私の中の何かは、繰り返しが鍵《かぎ》であると知っていました。これらの本をただ繰り返し読み、感謝のワークを繰り返し、何度もDVDを観て信念を強化するのです。

これは効果がありました。どれだけ良く効いてくれたのか考えると、未《いま》だに涙が出てきます。

徐々に、私は感謝の頻度とビジュアライゼーションの練習を増やしました。一日に二回――一回目は毎朝起きたとき、二回目は毎晩寝る前に――練習することを決め、三〇日間やり通しました。

結果ですか？　半年も経たないうちに、私の人生には次のような驚くべき変化が起こりました。

- 息子が大学を卒業し、望んだ通りの仕事を見つけ、家を出て自立しました。彼の、健康で幸せで成功した姿を見ることができるなんて、これほど嬉しいご褒美はありません！
- 私の年収は三万ドルまで増えました。
- さらに、在宅での副業でもお金を稼ぐことができました。

- 住宅ローンの審査に通り、金庫や安全な地下駐車場を含む、たくさんの豪華な調度品が備え付けられたマンションに住むことができました。
- 収入が増え、六カ月以内に支払いが可能とわかったために、クレジットカードを使ってロンドンとパリへの旅行を予約することができました。
- これまで使っていた家具を全部息子にあげて、三年間の分割計画で、私のマンションのために新しい家具をそろえることができました。
- 六年間の分割で支払う計画で、自分のために新しいジープを購入しました。
- すると、母がサスカチュワン州プリンスアルバートにあるカジノの宝くじで一一五万ドルを当てたのです！　母は気前よく、子どもたちに当選金を分配してくれました。私のロンドン・パリ旅行、新しいジープ、家具を含めたすべての債務を完済することができるだけの額でした！　今、住宅ローン以外はまったく負債を抱えていません。貯金もあり、自由に使うことのできるお金もあります。

●母がカジノの宝くじで勝っただけでなく、驚いたことに二カ月後、私の名付け親である伯父《おじ》も、アルバータ州メディシンハットにある別のカジノの宝くじで一四〇万ドルを当てたのです！

●さらには、長いこと夢見ていたニューヨークへの旅行も決めました。

●私自身の願い事がすべて叶っただけでなく、息子や母の成功も目にすることができました。なんていい気分でしょう！

私の人生は充実しつづけています。今現在も申し分のない収入を得て、旅行することができています。現在も息子と素晴らしい関係を築き、彼が人生で成功するのを見守ることができています。本当に素晴らしいことです。

ロンダ、心から感謝しています。あなたは、人生を好転するための手助けをしてくれました。ありがとう、ありがとう、ありがとう。

カナダ　キム S.

私たちは、人生で起こることのすべてをコントロールできるわけではありません。なぜなら、人生には、他の人々も関わっており、私たちは彼らの行動までコントロールすることはできないからです。しかし、シャーロットが次の話の中で力強く語ってくれたように、私たちは人生で起こることに対して「どのように」反応するかをコントロールすることはできるのです。

多くの死を乗り越えて

過去二〇年間、私は人生で多くの人を失いました。私の母親、伯父四人全員、二人の伯母《おば》、四人の家族同然だった友人たち、そして二匹のペットが亡くなりました。最も直近の死は、この春一四歳で亡くなった私の特別な愛猫、レニーでした。存命の家族は八七歳の年老いた父と、一人の妹だけです。

「ザ・シークレット」に出会う前は、もし誰かが私に向かって、短期間で多くの人を失うことになると教えてくれたなら、私は完全に打ちひしがれてしまったに違いありません。

彼らが亡くなったとき、深い悲しみと孤独感、胸が張り裂けそうな思いを味わったことは否定できません。たくさんの涙を流しました。彼らの死のいくつかがきっかけで、不安やうつと闘わなくてはなりませんでした。

しかし、「**ザ・シークレット**」と引き寄せの法則のおかげで、毎回悲しみを乗り越えることができ、予想よりもずっと早く普段の生活を取り戻すことができています。今お話しした喪失感と矛盾するように思われるでしょうが、実際、私は近年これまでにないほど、心から人生を楽しんでいます。私はより強くなったと感じ、人生はより豊かに、より面白く、わくわくするように感じられるのです。

「**ザ・シークレット**」は私にとって天啓です。なぜなら、環境や感情の被害者になる必要はないのだということを教えてくれたからです。私はかつて、何が起きるかだけでなく、どう反応するかということさえ、どうなるものでもないと信じていたからです。私は、いつ次の危機が自分を襲い、感情の混乱の中に突き落とすのかという絶え間ない恐れの中に生きていました。また、かつては、他人がしたことやしなかったことによって自分の幸せを決めていました。他人はコントロールできないけれど、他人がしたことに対する反応の仕方を変えることはできる、この学びは私にとってはまさに「アハー体験《おなかの底から納得できる》」と言えるものでした。私の思考と気分を通して引き寄せることによって、良くも悪くも未来をコントロールすることができる、という気付きについても同様です。

お年寄りやペットが亡くなることを止めることはできません。しかし、「**ザ・シークレット**」は私に、それらの出来事に対しどのように反応するかはコントロールできると教えてくれました。過去にとらわれ、不可能なことを願い、感情の崩壊に陥るのか、静かに愛する人たちを見送り、彼らの死をスピリチュアルな旅路の一部と受けとめ、より良いことのために未来の方向を向くのかは、すべて私次第なのです。なんと力づけられる考えなのでしょうか！

人の死やその他の挫折《ざせつ》に苦しむたびに、私は活力を充電し、力と人生への情熱を取り戻すために「**ザ・シークレット**」を観ます。それは、いつも効果があります。もちろん一夜では何も起こりません。しかし、もし「**ザ・シークレット**」がなければ、私は今うまく行っていなかったに違いありません。

カナダ　オンタリオ州　**シャーロット B.**

この本で体験談を語ってくれたすべての人にあるのは、ただあなたを鼓舞し元気づけたいという強い欲求だけです。時に、彼らの物語では苦しみについて語られています。ご覧のように、苦しみが大きければ大きいほど、それは人生を完全に変えるためのきっかけになりえることが多いのです。灰の中から新しく生まれ変わるのです。

どんなことでも、そしてすべてのことを変えるのに遅すぎるということはありません。戻ってくるのに低すぎる場所というものはありません。機会が失われたということはありえないのです。最も良い知らせは、あなたが変えなくてはならないのは世界ではないということです。ただあなたの考え方、感じ方を変えればいいのです。そうすれば、あなたが知る世界は、あなたの目の前で変化するでしょう。それが、今度は他の人たちを鼓舞し元気づけるためのあなたの物語となるのです。あなた自身が変わることで、確かにあなたは世界を変えることとなるのです。

「ザ・シークレット」との格闘（レスリング）

二二歳で僕は、憧《あこが》れの職業であったプロレスラーになりました。マイナーリーグでの仕事ではありましたが、成功して大物になることを夢見ていました。レスリングは一二歳の頃から僕のすべてでした。レスリングの持つ身体性を愛していました。レスリングを学ぶことは大好きでしたが、この仕事環境は少し違うことが判明しました。人々の精神を崩壊させることに誇りを感じるような、精神的・身体的虐待の別世界だったのです。

ゆっくりと、そして気付かないまま、僕はだんだんとネガティブになっていきました。

そして、日を追うごとに希望を失っていきました。僕は、自分の周りと自分の中にある否定的なもののせいで、自信を失ってしまいました。僕は辞めることができませんでした。その選択肢が僕の中になかったからです。この状況を立て直そうと僕は気合いを入れました。しかし、その時、バン！　何かが僕を殴り倒したのです。

ただでさえ最悪な状況の中、当然物事はさらに悪化しました。僕は別の街に飛ばされました。そして、新しい土地での新しい仕事で、大人になってから最も困難な一年を過ごしたのでした。僕のレスリングに関して、肉体的な観点から見れば、物事は前進しましたが、精神的には参っていました。僕は、自分のために設定した本当の目標を持つことができず、ただ人生にコントロールされていました。休日の晩、仲間たちと飲んでは、目覚めるとさらに憂うつになっていました。ニュースを観ては落ち込んでいました。ジムに行っては落ち込んでいました。ネガティブな気分が僕の世界をむしばんでいました。毎晩のように、かつては憧れだった仕事をクビになる悪夢を見るようになりました。

ある日、トレーニング中に、親友のパットと話をしていました。パットは毎日、僕がすでにそうであった契約選手として稼ごうと頑張っている選手でした。その日、僕たちはリングの周りでストレッチをしながら、ウォーミングアップをし、練習に備えていました。

「今日絶対クビになると思うんだ」と僕はつぶやきました。パットは僕を見上げると言いました。

「君はクビにならないよ。一番才能があって、ここで一番有望な選手だもの」しかし、自分の中の後ろ向きな気持ちがのしかかります。

その頃、ロッカールームの誰もが、もうすぐ三名の選手が契約を打ち切られるという噂を耳にしていました。僕は厳しいトレーニングの一日を終え、憂うつな気分のまま帰宅し、問題から逃避するため昼寝をすることに決めました。しばらくして、僕は上司からのボイスメールで目を覚ましました。僕はクビになったのです。

僕は、憧れの仕事を失った自分をとても恥ずかしく思い、どん底に突き落とされました。その後、僕はずっと前に出会った女の子と一緒に暮らしはじめました。そして結局、スモーキーボーンズレストランで働きはじめたのでした。僕はそこで週に五〇時間から六〇時間も必死で働きました。仕事は楽しかったものの、僕はレスリングが恋しかったのです。パットを雇って、レスリングの夢と僕たちの失敗について語り合っている間だけは、少なくともちょっとだけ気分が晴れました。

アルコールや噛《か》みタバコが僕の生活にとても悪い影響を及ぼすようになりました。毎晩仕事が終わると僕はウォッカを一瓶買い、他に何をするでもなくそれを飲みました。

最初、害はないように見えました。なぜなら彼女も一緒だったからです。しかし、結果的に僕たちは破局し、僕はさらに転落していきました。今や僕は、憧れの仕事もガールフレンドも失ってしまったのです。僕は彼女の大きな家から、テレビとベッドと彼女が親切にも貸してくれたカウチ以外には何もないぼろぼろのアパートに移り住みました。僕はあまりにも情けなくて両親と話すことさえ避けていました。そして二年間も実家に帰らなかったのです。

パットは僕の生き方を見て、とても心配してくれました。彼もまた、酷い破局を経験している最中であったため、僕たちは職場の近くに安いアパートを探すことにして、願わくは、いつかまたレスリングの夢を追おうと話し合いました。ある日の仕事中、長い間会っていなかった古い友人がレストランにやってきました。彼は、僕の今の状況を目の当たりにして、ショックを受けていました。そして、帰り際に**『ザ・シークレット』**という本を読めと勧めてきました。彼はその本にずいぶんと救われたと言うのです。彼は僕にいくらかのお金を渡し、僕に向かって「今日、その本を買いに行くんだ。君を助けてくれるから」と言いました。僕は、損はしないと思ったので、『**ザ・シークレット**』を買いに行きました。夜、帰宅するとあっという間に読み終えてしまいました。この本はたちまち僕の心を捉えたのです。

子どもの頃、この本に出てくる多くの考え方の原理を実際に使っていたことに思い当たりました。しかし、大人になった今、僕はポジティブな「したいことは何でもできる」精神を失っていました。僕は出かけて「**ザ・シークレット**」のDVDを購入しました。そして、すべての目標を視覚化するために、ビジョンボードを用意しました。

パットは夜勤で働いていました。彼が帰宅すると僕は彼に『**ザ・シークレット**』のことを教えてあげました。彼はすぐさま興味を示しました。きっと僕の中で何かが目覚めたのを感じたのだと思います。パットはDVDを観て、本を読み、ビジョンボードも作りました。

アパートの部屋全体が、モチベーションを与える写真やポスターがそこかしこに飾られた、僕たちの未来のためのビジュアライゼーションの作品のようになりました。

一カ月経たないうちに、レスリングの世界へ復帰するために一緒に行って、いくつかのイベントでレスリングをしようと、パットが持ちかけてきました。僕は同意し、僕たちはあの混沌《こんとん》の中に戻ったのです。それは楽しくて、そしてポジティブなものでした。

ええ、たしかに僕たちは相変わらずレストランで長時間働いていました。けれども、僕たちのエネルギーが変わったのです。

ある日、「ターミネーター2」を観ていると、ある実感が僕の中に生まれました。僕は自分を、アーノルド（シュワルツェネッガー）のように感じました！　無敵だと感じたのです。僕は、自分がターミネーターのようなキャラクターになるのに十分だと感じました。

僕は自分自身にこの新しいアイデンティティーを与えました。そして、「**ザ・シークレット**」の知識を携え、憧れの仕事の第二ラウンドに挑む準備が整ったのです。

さて、かいつまんでお話しすると、僕はかつての上司たちを驚かせ、結局、憧れの仕事へと戻ることができたのでした。そしてまもなくして、売れっ子となることができました。そして今、欲しいと夢見ていたすべてのものを手に入れつつあります！

まだまだお話ししたいことはありますが、これはプロレスラーになりたいという夢を持ったライアン・リーブスという名の一二歳の少年についての実話の一部です。彼は、夢を失い、「**ザ・シークレット**」と出会って夢を取り戻しました。そして今、彼はＷＷＥのスーパースター、ザ・ビッグガイことライバックとして知られています！

パットはというと、今や二つのプロレス会社、二つのトレーニング会社を所有し、人生において信じられないようなことを成し遂げたのです。七年前、僕たちは小さく煤《すす》けたアパートにうつうつとしながら打ちひしがれて暮らしていました。この「**ザ・シークレット**」の知識がなしえることは驚くべきことです。

アメリカ　ネバダ州　ラスベガス　ライアンR.

喜んでいる自分が私たちのありのままの姿です。嫌な考えをしたり、そういう言葉を発したり、惨めな気持ちになるには、多くのエネルギーが必要です。良い考えを抱き、前向きな言葉を口にし、良い行いをすればあなたの人生も容易になるでしょう。

容易な道を選びましょう。

ザ・シークレット　日々の教え

あなたが欲しいものをすべて手に入れるのは、あなたの内側の仕事です！　外の世界は、結果の世界——思考の結果なのです。幸せな思考に浸りましょう。幸福と喜びのフィーリングを放射し、すべての力を込めて宇宙に伝えましょう。そうすれば地上で真の天国を体験することができます。

あなたの人生を変える鍵

- あなたは世の中のあらゆる良いことを手に入れる資格があります。あなたが望むことはすべて、宇宙があなたに所有してもらうことを望んでいるのです。
- あなたが他の人にしてもらいたいように、あなた自身を扱いましょう。
- もしあなたがあなた自身のことをネガティブに考えれば、あなたはネガティブな環境を引き寄せることになります。

- 人生は、あなたが内面で感じていることが反映されたものです。
- あなたの人生におけるすべての創造はあなたの内側から始まります。
- 望む人生をまずあなたの中で生きてみましょう。そうすれば、それが現実世界に表れます。
- 時に、望んだ通りのものが表れないとしても、すべてはあなたのために起こります。
- いま置かれた状況がどんなに困難なものでも、感謝を励行することで活路を見いだす助けとなるでしょう。
- 何が起きるかではなく、あなたの人生に起きたことに対してどう対応するかが大切なのです。
- 何かを、あるいはすべてを変えるのに遅すぎるということはありません。考え方を変え、感じ方を変えればよいのです。

謝辞

次の方々のサポートと貢献に対して、心からの感謝を表することができることを光栄に思います。

自らの体験談で他の人々を助け勇気づけるというたった一つの意図のもと、シークレット・ストーリーをシェアしてくださった素晴らしい投稿者のみなさんに心から感謝します。

また、私たちのウェブサイトでシークレット・ストーリーをシェアしてくださった何万人もの人たちへ――ありがとうございました！

この本の制作は、チームの努力によるものです。そのおかげで、これに携わることは、最初から最後まで言いようのない喜びでした。

シークレット・チームのメンバーの献身と計り知れない貢献に感謝します。私たちは比較的小さなチームですが、素晴らしい才能に恵まれた人たちの集まりです。

編集面では、この本を作るために私と共に労を惜しまず働いてくださったプロデューサーのポール・ハリントンと編集者のスカイ・バーンに。彼らは、私と同じように、この本のページの一部です。超一流のオーガナイザーであるグレンダ・ベル、そしてまったくといっていいほど素晴らしい人ドン・ズィック、ソーシャルメディアの雄ジョシュ・ゴールド、シークレット・ストーリーズ・ウェブサイトの編集者であり親愛なる友人であるマーシー・コルトン－クリリー、みなさん、本当にありがとう。

本の装丁と本文デザインを手がけてくれた、非常に才能あるアーティストであります「**ザ・シークレット**」のクリエイティブ・デザイナーであるニック・ジョージに感謝します。また、ニックと手を携えて表紙を制作してくれたエイトリアブックスのアートディレクター、アルバート・タンにも感謝します。

私たちの素晴らしいパブリッシングパートナー、サイモン＆シャスター、そして特に、エイトリアブックスのチームに。また、エイトリアブックスの代表者に感謝します。同郷で特別な人間であるジュディス・カー、そして、エイトリアプロダクション傘下の、一緒に働きたいと望みえる最も素晴らしい人たちの集まり、リサ・ケイム、ダーリーン・デリロ、ラケッシュ・サティアル、ローン・リー、キンバリー・ゴールドウィン、ペイジ・ライトル、ジム・シール、イゾルデ・ザウアー、E・ベス・トーマス、カーリー・ゾンマーシュタイン、ダナ・スローン、そしてライターのジュディス・カーン。みなさん本当にありがとう！

キャロリン・レイディ、サイモン＆シャスターのＣＥＯ――本当にありがとうございます！

私たちの法務チームであるグリーンバーグ・グラスカー法律事務所のボニー・エスケナディ、ジュリア・ヘイン、ジェシー・サヴォア、そしてエイトリアブックスのエリサ・Ｍ・リブリンに感謝します。

私は、過去一〇年以上にわたって、本当に多くのスピリチュアル・ティーチャーや伝承を通して、人生を変える気付きを得ることができました。

特に、常に私のメンターであり友人であるローズ・クロス・オーダーのアンゲル・マルティン・ベラヨス、この本の制作中、私のスピリチュアルの理解に影響を与えてくれたティーチャーたち、セイラー・ボブ・アダムソン（ボブ、愛してる！）、ロバート・アダムス、そしてデヴィッド・ビンガムに感謝します。

かけがえのない私の家族へ――私のとても特別な娘たち、ヘイリーとスカイ・バーン、素晴らしい私の姉妹、ポーリーン・バーノン、グレンダ・ベル、そしてジャン・チャイルド、ピーター・バーンとオク・デン、ケヴィン〝キッド〟マッケミー、ポール・クローニン、そして私の美しい孫、サヴァナとヘンリー。彼らがいてくれる私は本当に恵まれています。

ただひたすら、機会があるごとにスピリチュアルな真実について語ろうとする私の欲求にもかかわらず、友だちでいてくれる長年の親友たち、エレイン・ベイト、マーク・ウィーヴァー、フレッド・ナルダー、フォレスト・コルブ、アンドレア・キアー、そしてキャシー・キャプランに。

そして、ビジネスを通じて繋《つな》がることが楽しみな、人生をもっと素晴らしいものにする手助けをしている特別な人たち、ロバート・コート、素敵なケヴィン・マーフィーとネジン・ザンド、ダニー・ピオラ、私の秘書であるパメラ・ヴァンダーヴォート、アイリーン・ランドール、エリージャ・トゥルージオに。

最後になりますが、もし娘のスカイがいなければ、あなたはこの本を手にしてはいなかったことでしょう。彼女は編集をはじめこの本の制作に携わってくれただけではありません。彼女が、出版プロジェクトとしてのシークレット・ストーリーズを立ち上げたのです。そして、最終的に作品となるまで、至るところでこのプロジェクトを熱心に推し進めてくれました。

その結果、私たちがこれまでに出版したものの中で最も素晴らしい本の一冊となりました——なぜならば、このお話はあなたのような人たちからいただいた物語だからです。

国別の投稿者

Africa
アフリカ

ケニア、ナイロビ、アラン

いちかばちか！

Asia
アジア

香港《ホンコン》、ティナ

無敵になった私

インド、プネー、L.ラル

奇跡がいっぱい

インド、ムンバイ、サミタP.

可愛らしい女の赤ちゃんに恵まれました

マレーシア、クアラルンプール、エニー

それは奇跡です

シンガポール、ダレルB.

希望

Australia and New Zealand

オーストラリアおよびニュージーランド

オーストラリア、メルボルン、ベリンダ

唯一のチャンス

オーストラリア、シドニー、ジョンP.

スティービー・ワンダーと歌う

オーストラリア、シドニー、カレンC.

「**ザ・シークレット**」で私の人生はどのように広がったか

オーストラリア、キャンベラ、オリビアM.

いかにして感謝が私の人生を救ったか！

ニュージーランド、グレンダ
大好きなお母さんへ

Canada
カナダ

カナダ、オンタリオ州、シャーロットB.
多くの死を乗り越えて

カナダ、ブリティッシュコロンビア州、バンクーバー、ジェシカT.
美しい癒《いや》し

カナダ、マニトバ州、ウィニペグ、ダラスC.
新しい人生までの二週間

カナダ、キムS.
一番大きな夢が叶《かな》った！

カナダ、オンタリオ州、オタワ、ミセス・アバンダント
あなた自身の小切手を書きましょう

カナダ、ナナイモ、ローランドC.
意志のあるところに道はある！

カナダ、ビクトリア、シーアC.
路上生活から「**ザ・シークレット**」へ

Europe
ヨーロッパ

アイルランド、アンドレア
ビジョンの力

ギリシャ、アテネ、エバンジェリアK.
思いがけない真実の愛！

スウェーデン、ミッキー
新しい始まり！

ドイツ、ニア
私は信じます！

デンマーク、サブリナ
許しによる癒し

カナリア諸島、トレイシー
『**ザ・シークレット**』は私の人生を救ってくれました！

Middle East
中東

レバノン、ミレイユD.

私はどうやって理想の仕事を得たのか

United Kingdom
イギリス

イギリス、ロンドン、エミリー

ハッピーエンドで終わった妊娠合併症

イギリス、リバプール、ヘレン

宇宙からのメール

イギリス、バークシャー州、アスコット、ジェーンJ.

最善を信じる

イギリス、ロンドン、K.

大胆不敵なオーディション

イギリス、ロンドン、ケイトL.

新たな始まり

イギリス、エセックス、メリカP.

友だちからの助け

イギリス、バーミンガム、レベッカD.

いのちを取り戻す

イギリス、ロンドン、レベッカ

家の売り方

イギリス、ロンドン、ズィー

すべての独身女性へ！

United States
アメリカ合衆国

アメリカ、アーカンソー州、マグノリア、エイミー

父との和解

アメリカ、アリゾナ州、フェニックス、ダイアナR.

インスタント・カルマ

アメリカ、カリフォルニア州、ロサンゼルス、アレックス

「**ザ・シークレット**」が家族の人生を変えました

アメリカ、カリフォルニア州、ロサンゼルス、アンビカN.

グリーンカードの奇跡

アメリカ、カリフォルニア州、サンフランシスコ、チェルシア

お金はカンタンに、そしてしょっちゅう入ってくる！

アメリカ、カリフォルニア州、サンディエゴ、エリザベスM.

感謝するということの意味を理解する

アメリカ、カリフォルニア州、チーコ、ハイディT.

幸せの力

アメリカ、カリフォルニア州、K.

鶏のフンからチキンスープへ

アメリカ、カリフォルニア州、サンフランシスコ、キャシー

空いた椅子

アメリカ、カリフォルニア州、ラーニR.

何か小さなもの

アメリカ、カリフォルニア州、ラグナビーチ、ローレンT.
私の奇跡の心臓

アメリカ、カリフォルニア州、ルシンダM.
巨大な腫瘍《しゅよう》が……消えた！

アメリカ、カリフォルニア州、フラートン、タミーH.
愛をあきらめないで

アメリカ、カリフォルニア州、ブレントウッド、トリシア
一度お願いしたら手放しましょう

アメリカ、コロラド州、コロラドスプリングス、ナイトA.
医者たちは奇跡だと言います

アメリカ、コロラド州、プエブロ、ゼイン
信じられないサプライズ

アメリカ、コネティカット州、アマンダ
一ペニーを見つけたことがすべてを変えました

アメリカ、フロリダ州、フォートローダーデール、アンジー
ネガティブナンシーはもういない

アメリカ、フロリダ州、アネット
どの仕事でもいじめられて

アメリカ、ジョージア州、サバナ、ナタリーF.
日付は確認しましょうね

アメリカ、ジョージア州、パット
天国からのお金

アメリカ、イリノイ州、シカゴ、リンジー
役を演じる

アメリカ、インディアナ州、ケリー
もう絶望的な状況にあったとしても、あなたには「**ザ・シークレット**」があります

アメリカ、メリーランド州、ボルチモア、ヤーナF.
仕事

アメリカ、ミシガン州、ジェイソン
僕は信じることをやめました。その時までは……

アメリカ、ミシガン州、デトロイト、ジェニーL.
谷底の一番深い所

アメリカ、ミシシッピ州、マルタ
ポパイ

アメリカ、ネバダ州、ラスベガス、ライアンR.
「**ザ・シークレット**」との格闘（レスリング）
目覚めへの呼びかけ

アメリカ、ニューヨーク州、シラキュース、キャロルS.
人生で最高の年

アメリカ、ニューヨーク州、ニューヨーク、ハンナ
新しい家、新しい赤ちゃん

アメリカ、ニューヨーク州、バッファロー、ヘザーM.
何があなたを信じさせるのか？

アメリカ、ニューヨーク州、ロングアイランド、ケイト
二五歳で、本を出版しました！

アメリカ、ニューヨーク州、マリア
カイルの心臓

アメリカ、ペンシルバニア州、ドイルスタウン、フランチK.

アメリカ、ペンシルバニア州、プリマス、ジーナ

「ザ・シークレット」はどうやって（文字通り）私たちを動かしたのか

アメリカ、テキサス州、ダラス、ダレルP.

贈り物

アメリカ、ユタ州、ソルトレイクシティー、エイブリーH.

人生の岐路からの眺め

アメリカ、ワシントン州、シアトル、アシュリーS.

念願だった旅行

アメリカ、ワシントン州、ロレッタ

素晴らしいコンビネーション

本書は訳し下ろしです。

ザ・シークレット　人生《じんせい》を変《か》えた人《ひと》たち

2017年10月27日　初版発行
2023年10月15日　３版発行

著者／ロンダ・バーン
訳者／山川紘矢《やまかわこうや》・山川亜希子《やまかわあきこ》・佐野美代子《さのみよこ》

発行者／山下直久

発行／株式会社KADOKAWA
〒102-8177　東京都千代田区富士見2-13-3
電話　0570-002-301（ナビダイヤル）

印刷・製本／図書印刷株式会社

ブック・デザイン／BUFFALO.GYM

●お問い合わせ
https://www.kadokawa.co.jp/（「お問い合わせ」へお進みください）
※内容によっては、お答えできない場合があります。
※サポートは日本国内のみとさせていただきます。
※Japanese text only

定価はカバーに表示してあります。

ISBN 978-4-04-105859-6　C0098